高长梅
王培静 ◎ 主编

相约名家·冰心奖获奖作家作品精选

贴着大地行走

戴希 著

九州出版社

JIUZHOUPRESS

全国百佳图书出版单位

图书在版编目（CIP）数据

贴着大地行走 / 戴希著. -- 北京：九州出版社，2013.5（2024.4 重印）

（相约名家·冰心奖获奖作家作品精选 / 高长梅，王培静主编）

ISBN 978-7-5108-2075-5

Ⅰ.①贴⋯　Ⅱ.①戴⋯　Ⅲ.①小小说 – 小说集 – 中国 – 当代②散文集 – 中国 – 当代　Ⅳ.①I217.2

中国版本图书馆CIP数据核字（2013）第084373号

贴着大地行走

作　　者　戴希著
出版发行　九州出版社
地　　址　北京市西城区阜外大街甲35号（100037）
发行电话　（010）68992190/3/5/6
网　　址　www.jiuzhoupress.com
电子信箱　jiuzhou@jiuzhoupress.com
印　　刷　三河市恒升印装有限公司
开　　本　710毫米×1000毫米　16开
印　　张　10.5
字　　数　151千字
版　　次　2013年5月第1版
印　　次　2024年4月第11次印刷
书　　号　ISBN 978-7-5108-2075-5
定　　价　49.80元

出版说明

冰心是我国现代文学史上著名的作家,她的儿童文学作品和散文在中国文学史上占有重要位置。

这里所说的"冰心奖"包括"冰心儿童文学艺术奖"和"冰心散文奖"。

"冰心儿童文学艺术奖"创立于1990年。创立以来,它由最初的单一儿童图书奖,发展为包括图书、新作、艺术、作文四个奖项的综合性大奖,旨在鼓励儿童文学作品的创作出版,发现、培养新作者,支持和鼓励儿童艺术普及教育的发展。其中,"冰心儿童文学新作奖"与"宋庆龄儿童文学奖"、"陈伯吹儿童文学奖"、"全国儿童文学奖"并称国内四大儿童文学奖。

"冰心散文奖"是一项具有权威的全国性的散文大奖。冰心生前曾是中国散文学会名誉会长,"冰心散文奖"是遵照其生前遗愿而设立的,旨在彰显我国散文创作的成就,不断评选出题材广泛、思想敏锐、着力表现现实生活,创作形式风格多样的优秀散文。"冰心散文奖"是与"茅盾文学奖"、"鲁迅文学奖"并列的我国文学界散文类最高奖项,也是中国目前中国散文单项评奖的最高奖。

《相约名家·冰心奖获奖作家作品精选》共收录近年来荣获"冰心儿童文学艺术奖"和"冰心散文奖"的三十位作家的作品。这些作品无论是小说还是散文,或抒写人间大爱,或展现美丽风光,或揭示生活哲理,或写实社会万象,从不同角度给青少年读者以十分有益的启迪。

随着中小学课程改革的深入与发展,让中小学生多读书、读好书早已成为共识。我社推出本套大型丛书,希冀为提升中国的基础教育、为青少年的健康成长尽一份力。

九州出版社

第一辑　吐鲁番的境界

第二辑　依旧是太阳

第五辑　　**每个人都幸福**

CONTENTS

目录

第八辑　**将军的瓶子**

第九辑　**醉驾之后**

第一辑

Tu Lu Fan De Jing Jie

吐鲁番的境界

母亲的杨柳枝条

在我的家乡，到处可见如烟似雾的杨柳。杨柳婀娜多姿、轻柔飘逸，可谓妩媚极了。只是这东西一旦被母亲操持，也能变成教训人的鞭子，让我心有余悸。

人们常说"严父慈母"，我们家里的情形却刚好相反：父亲总是微笑着，慈善如秋阳，从不打骂呵斥我们，即使爬到他的头上筑巢也好；母亲则不然，稍不如意，她的脸色就晴转多云多云转阴甚至风雨大作。

回想少儿时代，我不知被母亲痛打过多少次：偷了人家的甜瓜吃、在路上挖洞洞灌粪便让人跌倒或者欺侮弱小，母亲知道了，必操起杨柳枝条狠狠抽打我的双手；深更半夜躲在学校后的竹林里装鬼叫吓唬女老师、骂人或出言不逊、说谎等，母亲知道了，同样操起杨柳枝条抽红抽肿我的嘴皮；贪睡晚起、懒惰不做事或者逃学，母亲知道了，也必操起杨柳枝条骂骂咧咧抽打我的屁股和脚丫……总之，只要我"出格"、不称心，母亲绝对操起杨柳枝条抽打我的相应部位，作为对我的教训和严惩。

有一次，因厌倦读书，我邀约几个小伙伴集体逃学，跑到五里外的虎渡河游泳，而后又去十里外的芦苇荡捕野兔野鸡等，开开心心玩了一天。回来，因老师抢先告状，我说谎又被戳破，母亲盛怒之下，像凶神恶煞一般，操起杨柳枝条要抽打我。我惊慌失措拔腿便跑。母亲哪里肯放，亦紧追出门。沿

着田间小道，母亲足足追了我好几里，距离渐渐拉长了，才转身回家。可逃得了和尚逃不了庙，晚上我偷偷潜回家睡下后，母亲突然掀开被子，把我的嘴皮、双手和脚丫抽打得青一块紫一块的。父亲看不下去雷霆大发，我又再三保证下不为例，母亲才极不情愿地罢手，罢手了还说"杨柳枝条伤不着筋骨内脏，算客气你"云云。夜阑人静，一觉醒来，发现母亲正在灯下一针一线为我缝补出外玩耍时摔破的衣裤，而且红肿的眼圈仿佛流过泪似的，我才感到母亲终归是爱我的，她是老虎的形象菩萨的心肠，性情亦如杨柳，而我也实在太调皮顽劣，让母亲操碎了心。赶紧闭上双眼，暗暗发誓改过自新，要做一个踏实上进的人。带着母亲的鞭笞，我发奋苦读，一帆风顺地考上了大学，走上了开满鲜花的人生之路。

现在，母亲已白发苍苍了，衰老的双手再也挥不起一根杨柳枝条。可不知怎的，无论母亲在我身旁还是远离我，也无论何时何地我做什么，母亲仿佛都站在人生的一隅监视我，手里操着杨柳枝条仿佛操着无形的鞭子，敦促我在人生的旅途上堂堂正正，不怠慢、不停滞、不回头、不逃遁，跌倒了爬起来，呐喊着进击。

永远是朋友

确切地讲，她写的诗还不算诗：既没有诗的音乐美，又没有诗的哲理和精粹，说白了完全由一句句拦腰掐断的白话文拼接而成。我闹不明白：她何以对诗痴迷到那种地步，一有空就捧读雪莱、普希金、泰戈尔、艾青等的诗，然后没完没了地写，写了一本又一本，全都拿来请我指教。当然，我也是个诗外汉：一者，产量并不高；二者，质量也堪忧。也许是缪斯垂青，我的诗居然也能在堂而皇之的文学刊物上发表。于是，她把我当老师了。恭敬不如从命，我索性像指导学生一样指导了她半年。这半年，她进步不大，只在区区地市级小报上发表了三两首小诗，还是我给她动了近 70% 的"手术"，但她十分满意。交往时间一长，我们成了朋友。

虽说爱诗写诗，外貌却没有诗一样的隽永和美丽，这是她终生遗憾的，后面的故事跟着就发生了：有个周末的夜晚，因为厌倦了逛马路、读小说、玩扑克等，我们寝室的几名男生恶作剧地对全班二十几名女生评头论足起来。我们按美丑顺序给她们打分排队，又给她们逐一取了绰号，其中有不少激烈的争论。她呢，几乎毫无异议地被排在最末，还被戏称为"丑小鸭"。理由？J 君说，她的外表太难看；S 君说，她说话做作、歌声尖酸刺耳；L 君说，她每进教室，肥厚的屁股都像钟摆一样左右摇摆，还有……其实，那晚我并未参与对她的评判，因为毕竟有些碍于交情，于心不忍。

然而，第二天刚下晚自习，她就气咻咻地在校园内的那条小煤屑路上拦截了我。"我真的那样丑吗？""不知道！""装蒜，你以为你够得上美吗？撒泡尿自己照照！"……天大的冤枉！我们终于闹崩了，从此不再谈诗，甚至为避免看到对方远远地绕道而行。

冤家路窄。毕业前夕，我们偏偏又被安排在同一家医院实习。实习医院路途遥远，中午，我们只好就地搭餐。我没想到，三年过去，她会将以往的羞辱全忘，俨然换了个人，大大咧咧地向我走近。她主动向我谈起实习单位指导老师的印象，谈起工作中的体会和今后的打算。而且每次用餐，她都宁愿多买些饭菜，然后分给我一半，说我身体差，多吃点，长胖才像男子汉。俗话说，冤家宜解不宜结。想开了——闲暇时，我们又头凑在一起谈诗写诗。下班回校，公共汽车拥挤，她个儿矮小，上不去，我便抱着她的腰肢不顾一切地直往人堆里钻……很快，我们好得像兄妹了。

实习完，要毕业了，灯火阑珊之夜，她悄悄地把我叫到咸加湖畔。凉风阵阵吹来，她脸上掩不去忧伤，盯着我，说："时间不多了……"我说："是啊！""可你知道我喜欢谁？"说这话时她的头急速勾下，脸红得像燃烧的晚霞。"这——"我沉默了。"我想你还在怨我的"，停顿片刻，她接着说："那晚全怪我轻信人言，让你受冤屈了，我没想到你们宿舍的调皮鬼会存心捣蛋，而知道事情真相又在实习前夕……"我大悟之下立即大度起来："这事只是一个调料，一段小插曲，无损大局的！""那么——"她抬头望着我，目光灼灼逼人。"让我们永远是朋友吧？"我意识到我对她只有纯洁的友谊，我丝毫没有朦朦胧胧爱她的感觉。她的眼角很快滚落一颗晶莹的泪珠："可是——""我知道我们有共同的语言、共同的爱好，接触的时间也长，但感情这东西……"

就这样闷闷不乐地分了手，我以为她会痛恨我一辈子。然而，走上工作岗位后的第一个春节前夕，她从遥远的乌鲁木齐给我寄来了精心制作的明信片："祝福你，永远的朋友！"端详这娟秀而潇洒的工艺美术字体，不知怎的，我的眼眶湿润了。

一瞬间，她的形象竟丰满而美丽起来。

离我远点

我不明白：为什么我们伸出的是绿油油的橄榄枝，父亲的脸色却会忽然变阴，一句"离我远点！"既狠又凉，总拒人于千里之外！

2006年6月的一天，我回老家安乡给父亲送药。当我轻轻推开父亲的房门，骨瘦如柴的父亲正躺在床上痛苦地呻吟。"爹，我来看您啦！"蹑手蹑脚走到父亲的床头，我轻轻地呼唤。父亲忽然止住呻吟，俨然从梦中惊醒。"离我远点！"父亲吃力地睁开眼盯着我，目光像一根一根的针。我一惊，都什么时候了，还……？但我不想惹恼父亲，只得摇着头，慢慢后退。脑海里禁不住浮现一段情景。

2004年，大年三十的晚上，我带女儿含伊在安乡老家陪父母守岁。围坐在熊熊燃烧的柴火旁，瞥一眼母亲憔悴苍老的模样和父亲佝偻如弓的脊背，我心里又酸又疼。

我试探着旧话重提："爹、妈，你们不要再种田种地。人生七十古来稀，也该享享天伦之乐了！"父亲马上反问："不种田种地，这日子咋过？"我斩钉截铁："早商量好了，赡养你们！姐和哥给米，我和弟出钱……"母亲泪花闪烁："这话都讲了三年，我们的确已老、力不从心。"父亲就勃然大怒："不行，你们也很艰难，在城里买房都欠了债。"我立即解释："我和弟的欠债都已还清，现在好了。"父亲的目光就凶巴巴的："别啰嗦，离我远点！"好心当成了驴肝肺！我心里挺不是滋味。远点就远点！一气之下，我摸黑悄悄跑到了小叔家……

"再离我远点！"父亲又在逼我。已经后退到房子的中央了，无奈之下，我还得慢慢后退。一边慢慢后退，一边又怀想起更遥远的往事。

1984年7月，我参加高考。上线了！实现了"穿皮鞋、端铁饭碗"的梦想，心里高兴得像打赢了一场生死攸关的大决战。父亲也是，喜讯传来，一连几天眼角眉梢都是笑。填报录取志愿前夕，我问父亲选哪所大学是好？父亲的脸先是苦了，继而风云突变。"离我远点！"父亲声色俱厉。我一愣，这是怎么啦？尊重他也冒犯他了？远点就远点！我二话不说，起身匆匆去找大叔和大舅……

不知不觉已退到房门边。"好了！"父亲像霜打的茄子，"我要和你说

话。""嗯，我听着。"我屏声静气。停在门边后，父亲几乎一字一句地对我说："先荣，每个人都会走那一步，这是自然规律。该去的都要去，迟早的事。你不要怨天尤人。今后，你们不必总牵挂我，努力把工作做好。不要经常往老家跑、分散精力。"我很想流泪，但忍住了。我说："爹，您一定要及时吃药，要有坚强的信心。病终会好的。"这时，父亲想说什么却欲言又止。当我退出房间，姐问我："爹要你离他远点，是吗？"我说："是呵！""他对我们也一样。"姐悄悄告诉我。我不明白：一直以来，我们和父亲就沟通得少，感情也平平淡淡。怎么快到油尽灯残，父亲还不让我们亲近他呢？

父亲是一条硬汉，一辈子很少生病。不想 2005 年 4 月的一天，外甥女凌燕忽地给我发来手机短信："二舅，你快劝劝外公吧，他都病倒几天了还不肯入院检查！""病倒了？"我不愿相信。马上给家住安乡县城的大叔打电话。大叔告诉我："你爹是病倒了，还要我们离他远点！我和你小叔、母亲、姐姐四人连哄带骗没用，硬是霸蛮才把他架到县医院的。"我说："又是离他远点？真苦了你们，我马上就回！"

在县医院，做过半天检查，结果出来了。医生把我和大叔、小叔、姐姐叫到一边，难为情地说："老人家患上了胰腺癌，已到晚期。医院无力回天，你们多开些药和补品，带他回家疗养吧！可能要及早准备后事。"我大惊，父亲从来没有如此先兆！医生看出我的疑心，又说："诊断百分之九十的准确，如要进一步确诊，可去常德。"

我于是给远在北京工作的弟弟打电话。弟弟说："去常德确诊吧。"我们商量之后，为了不让母亲知道父亲的病情，便和小叔护送父亲来到常德。路上，父亲一直吵着不愿进大医院，是小叔"凶神恶煞"似地压着他。两家市医院的诊断结果都与县医院吻合，我们无话可说。医院说在家疗养维持生命的时间还长些，我们只好开药带父亲回老家。

返回途中，当父亲警惕地问询他患了什么病时，我们就用事先悄悄统一的口径回答他："是阑尾炎，不要紧，回家吃点药，会好！"父亲便松了口气："我想不应该得什么大病，还可能是年轻时修铁路，腰部被撞伤，如今内伤发作吧！"我安慰父亲："可能也是，再开点治内伤的药吧。"送父亲回到老家，父亲接着劝我："先荣，你上班去，我不要紧。"

这之后，我便定期将开好的药送到老家。照料父亲主要成了母亲、小叔、哥和姐的事。每次回老家看望父亲，父亲的病情都在加重。腹痛厉害时，父亲忍不住叫我："先荣，离我远点！告诉我，你们为什么不去乡卫生院，请医生来给我动手术？我说过是腹内淤血，开刀挖了就好！"又是离他远点！我心里抱怨，但马上小心劝他："爹，挖不得，您年纪大了，身体受不了，会出问题。"父亲就疑问："为什么吃药不见效呢？"小叔便安慰他："见效需要时间，慢慢来吧。"

还真有两天，服药后父亲的精神稍好了一点。稍好了一点他便以为大病将愈，硬撑着身子下床，咬紧牙关帮母亲劈柴、提水，还下田下地忘我地劳作。母亲和小叔苦苦劝他好好休养，他根本不听。我发现后制止他时，一烦，他又进出那句："离我远点！"没法，我们只好由着他。

哪料那是"回光返照"！不久，我再去老家给父亲送药时，父亲就倒在床上，一病不起了。但我还是没有向领导请假。回常德后，依旧忙忙碌碌于工作。有母亲、小叔、哥和姐在老家悉心照料父亲，放心！可 6 月 15 日凌晨 2 时，哥忽然给我打来电话："先荣，爹疼得受不了了，你给他开杜冷丁吧！"我说："你等着，我马上去开。万一晚上开不好，明日上班开了，我迅速赶回老家！"哥很急切："快点！"我立马打电话找人弄杜冷丁。可弄这东西手续多且严格，我还没弄到，凌晨 4 时，哥就打来电话："爹过世了，你们早点回来吧！"

一切安排妥当，匆匆赶回老家。小叔抓住我的手说："你爹临终前很想见你和你弟，他一直不肯咽气。我劝了好几次，说夜晚交通不便，你们相距遥远，你弟更在北京，要火速赶回老家、路上怕不安全。你爹才轻叹一声，无奈地合眼，眼角淌着泪滴。"听着小叔沉痛的话语，目睹父亲慈祥的遗容，我心里特别地伤心难过。

父亲匆匆地走了，快得出人意料。匆匆地送走父亲，我又风风火火地回

到常德。好长一段时间，我都若有所失。心中更有一个很大的谜团在萦绕：为什么一到紧要时刻，父亲就总说那句"离我远点！"

光阴荏苒。一晃到了 2006 年清明节。祭祖之后，我有意谈起父亲，谈起父亲的不可理喻。母亲就感叹道："先荣，高考结束，你兴高采烈地向你父亲征求意见，怎么填报录取志愿？你父亲脸一阴，叫你离他远点是吧？他那是自卑的表现！觉得自己没文化，不能帮你拿主意，心里很烦！""父亲跟您说过？"我问。"是啊，你一气之下，冲出门找你大叔和大舅去了。你父亲料到你会这样，因为你大叔和大舅是知识分子，有见识，能帮你！你父亲希望你不要耽搁，做这种事越快越好。他的激将法达到了目的。你一走，你父亲就偷偷笑了呢！"

"原来这样！"我略一思忖，又问，"那我提出要赡养你们，父亲又冲我吼，要我离他远点！什么意思呢？""你不知道吧？先荣，你一气之下，摸黑悄悄跑到你小叔家去后，你父亲就找我吵架。""吵架？吵什么呀？"我急问。"'乡里人不种田种地？我们还没倒下，闲着也是闲着！'你父亲突然责问我，'一定是你向儿女们提出的？'我回答：'哪能呢？即使提出，也合情合理。'你父亲乜一眼我：'我不信你没提，我们能动一天是一天，尽量减轻儿女们的负担！'我反问：'你老骨头都快散架了，万一累出个大病，又要住院治疗，又要儿女们料理，岂不加重他们的负担？'你父亲瞪着我：'你怎么讲些不吉不利之言？反正，田和地我都要种，除非等我进了土！'我无奈：'要种你一人种！'你父亲就怒吼起来：'你？离我远点！'"说到这里，母亲又道，"先荣，感谢你们的孝心！从那以后，我和你父亲虽仍在老家种田种地，但你和你弟总是背着你父亲给我寄赡养我们的费用。"

"我明白了。"我接过母亲的话茬，"父亲病倒后，你们要把他弄到医院去，他叫你们离他远点，是他不想住院治疗、不想花钱用的苦肉计！腹痛时，父亲叫我离他远点，责问我为什么不请医生给他开刀做手术，是因为他还有生之欲望，他舍不得这个家。他恨我。那两天'回光返照'，我们劝他制止他干活，他冲我们怒吼、让我们离他远点，是他想排除干扰、专心致志地做事！可病危之时，他要我先离他远点、再和我说话。又是什么意思？"我要打破砂锅问到底。这时，母亲的眼里就有泪光闪动。她哽咽着说："你父亲是不想把疾病传染给你！""他说过？"我追问。母亲点头。"可他的病没有传染性呀？"我觉得父亲滑稽可笑。"但你父亲，"母亲颤抖着说，"偏偏担心他的病会传染你们！他是宁可信其有，不愿信其无啊！"

哎，父亲！

永远的青海湖

山高路险，千里迢迢。沿着祁连山脉的走向，我风尘仆仆、迫不及待地来看你，美丽的青海湖，不，永远的文成公主！

史载，唐朝初年，吐蕃的赞普松赞干布仰慕中原的文明，敬慕唐朝的强大，多次向唐求婚。松赞干布的诚意感动了唐太宗。为了国家的统一、民族的和解，太宗决定让你——文成公主出嫁吐蕃。你是太宗的干女儿，你满腹诗书、高贵典雅，太宗舍不得你远走高飞，可松赞干布对你信誓旦旦、一往情深呀！

你走了，好不容易来到日月山。日月山，曾是唐、蕃之间的分水岭。在这里，你抬头西望：草原空旷、杳无人迹。再拿出黄金宝镜——日月镜东照：长安城内莺歌燕舞，中原大地兴旺繁荣，不禁黯然神伤。但一想到唐蕃和好的大局，一想到帮扶吐蕃的大业，你还是举步踏入吐蕃的地界。而且，为了

坚定扎根吐蕃不动摇的决心,你毅然扔下了太宗为你铸造的日月镜。随着"哐当"的落地之声,日月镜摔得粉碎。而在日月镜摔碎的地方,接着就神奇地隆起两座高山,后人叫"日月山"呵!

从此,日月山就像两位忠诚的守护神,忠诚地守护你西去的阳关,忠诚地守护你盖世的功绩,任千百年的风吹雨打,任千百年的斗转星移,始终保持向天祈祷的姿势,始终向你敬着注目之礼,纹丝不动、巍然屹立。

今天,我气喘吁吁地来到日月山,站在高高的山头向西眺望:大草原就像翠绿的大地毯。成群的牦牛、藏羚羊都在这丰厚无边的大地毯上游走,平和地享受大自然的恩赐。野马扬蹄奔跑,欢跳得仿佛全身的舒畅都要溢出来。更有星罗棋布的蒙古包,在热烈的阳光下闪闪烁烁。美丽迷人的大草原绿浪翻滚,是不是文成公主教藏族同胞编织的绸缎在随风飘舞?笑容可掬的藏族同胞端着酥油茶夹道迎接,是不是文成公主带到吐蕃去的谷物、油菜、茶叶等酿出的芬芳?如果最初就是这样,文成公主还会那样感伤吗?

但文成公主曾经感伤过了!走过日月山,来到倒淌河,见水动心,想到再也很难回到熙熙攘攘的长安,再也很难回到生她养她的故土,不禁边走边叹:天下江河尽向东,唯我一人向西行!边走边潸潸落泪、泣不成声。千百年来,一直由西向东流淌的倒淌河终于感动了,忽然掉头向西流去,一路浪花、一路慰藉,引领、陪伴文成公主西行。倒淌河呵,你也通人性、明大义吗?

我来到你的身旁。不错,你的雪浪花还是唱着歌儿,向西翻卷、向西跳跃。你又要热诚地引领、陪伴我,沿着文成公主前进的方向前进!

我想是吧!不然,你两岸何以生长出大片大片黄灿灿、亮晶晶的油菜花,那样的耀眼、那样的壮美、那样的清香四溢!是松赞干布献给唐太宗的五千两黄金,还是日月镜上摔落的满地金粉?倒淌河呵!

我紧跟你来到青海湖。像日月山一样,我伫立湖边守望:偌大的湖面蔚蓝如海,澄碧、明净、令人心醉。青海湖,你也灵敏地感应着阳光和风雨,有时纯白如银,有时鲜红如火,有时黑沉如铅,有时墨绿如青……是你的湖面在变幻色彩,还是文成公主的表情,不,心情在变?口渴,掬一捧湖水,好咸！这才想起，你由文成公主的眼泪汇成，过了日月山，顺着倒淌河，一路汩汩流来！日月山想念你，倒淌河向往你，青海湖！

你是神圣的湖、纯洁的湖、年轻的湖、欢乐的湖，是文成公主的化身！不然，你蓝得透明、蓝得亮丽的天空，为什么满是洁白的羊羔，在游走、散心、嬉戏、追逐？不然，纷纷扬扬的白沙，可以轻易掩盖东面那座小山，使它完全银装素裹，为什么始终不敢越雷池一步，冒犯你、侵扰你？不然，你蓊蓊郁郁的岛国，为什么总是百鸟娇啭、无休无止？不然，生活在你温暖怀抱的湟鱼，为什么永远都是鲜活的身姿，永远不会衰老？不然，绵延在你额头的祁连山脉，为什么极像你弯弯的娥眉？而搁在山凹中的那枚鲜嫩的太阳，又像极你双眉之间神采奕奕的红痣？而且，你青海湖美丽的湖水，分明就是文成公主含情的眼睛，清澈、深邃、灵动呀！

是谁带来远古的呼唤？是谁留下千年的期盼？青海湖，我看到一道绚丽的彩虹穿越人类历史的时空隧道，我听到一种嘹亮的音乐悠扬在连绵起伏的崇山峻岭！今天，接踵而至拜谒你的人们，哪个不是满脸虔诚、心存感激？这时，我想起一首藏族民谣：

文成公主来西藏，
狮子进了大森林，
孔雀落在大平原，
不落的太阳高高升起，
西藏从此幸福太平……

吐鲁番的境界

　　我们是唱着《吐鲁番的葡萄熟了》去吐鲁番的。早听说吐鲁番风光很美，殊不知吐鲁番的人与风光一样美。

　　去吐鲁番时正是当地最热的时节。遥望横卧在吐鲁番中部的火焰山，烈日照耀下红光灼灼，还真像条又宽又长、全身都在喷吐烈焰的巨龙。我的周身也似乎淋透了汽油，在呼啦啦地熊熊燃烧，内心霎时被烤焦冒烟。此时我想到吐鲁番人，一定是在火一样的蒸笼里备受煎熬的！可出人意料，在吐鲁番经过了白天和晚上后，我感觉惊奇：这地方尽管很热，热得你整天红光满面、汗流浃背，却丁点也不让你胸闷气喘、身心疲乏。为什么呢？经请教，导游笑笑说，这地方空气湿度很小、水分很低，一年四季基本上都是晴空丽日，所以……我明白了。

　　热而不闷，也是吐鲁番人的性格。当我们，走进葡萄掩映的吐鲁番农家时，男女老少都是忙不迭地搬椅子、擦桌子，很快地端茶递水，为客人一会儿送来了西瓜和哈密瓜，又不停歇地端出一盘又一盘又新又亮的鲜葡萄……仿佛大家都是一见如故或者就是神交已久的朋友，亲切自然地同我们天南地北地海聊。临走，还彬彬有礼、难舍难分地送我们一程。"西出阳关无故人"之说的确已成历史了。吐鲁番人的情谊使我感到是从心底里流出来的，宛如春风拂过杨柳，没有水分，没有杂尘，所以，感觉自然、得体、真切、热烈，丁点也不让人紧张、烦闷，就像吐鲁番的天气。

吐鲁番又是全球葡萄最甜的地区。吐鲁番的葡萄比美国加利福尼亚州的葡萄还甜！吐鲁番有一条8公里长、最宽处2公里宽的葡萄沟，葡萄沟坐落在唐僧西天取经途经的火焰山下。我们到达吐鲁番时又是葡萄熟了的时节。漫步枝繁叶茂的葡萄架下，弥望的是晶莹透亮、美如宝石的串串葡萄，空气中也弥漫着清新醇香的甜味。看一眼，就有流连忘返的快感；尝一尝，真会让人上瘾。吐鲁番的葡萄不像蜂蜜吃多了很腻，也不像糖吃多了倒胃，但它给尝过的人会留下衷情的思念。仿佛是刚刚盛开的荷花，刚刚出浴的仙女，是你永远想相依相伴、永远都会有魂牵梦绕的甜美。

吐鲁番的少女，一定是吐鲁番的葡萄变的。我怎样看她们都有葡萄一样晶灵的眸子，都有葡萄一样甜美的芳容，都有葡萄一样让人恋恋不舍又不至醉倒的诱惑。她们春风拂面的笑靥，她们荡气回肠的歌声，她们羞花闭月的舞姿，她们纯真质朴的友善，让人品味千百次也不够，就像品味吐鲁番的葡萄，永远都是甜而不腻的清新。

吐鲁番更是我国陆地海拔最低的地区。坐落在吐鲁番盆底的艾丁湖仅次于约旦死海，虽然很低很低，但艾丁湖从来显得不俗而非常大气。

艾丁湖，维吾尔语意为月光湖。最早形成于2.49亿年以前，即使现在，历经亿万年的沧桑巨变，艾丁湖已缩小为面积仅为22平方公里的内陆咸水湖，仍是从容宁静、不同凡响的。艾丁湖的南岸，有无边无际的茫茫戈壁，戈壁上遗留下历历在目的古坎儿井，它们深刻地见证着被风干和曝晒的悠悠岁月。艾丁湖的北岸，有五颜六色的玛瑙滩，玛瑙滩上大如土豆、小如花生的五彩石头，它们在阳光下色彩纷呈，宛如镶嵌在湖畔的珍珠项链。玛瑙滩外还有骆驼刺、红柳等沙漠植物郁郁葱葱，显示着生命的繁荣和顽强。伫立湖畔，目睹湖面翠绿、深蓝、淡青……各种诱人的色彩不断变幻，艾丁湖的神秘和丰富，我完全赞同维吾尔族人对艾丁湖是太阳和月亮的比喻，艾丁湖的确是太阳和月亮的化身。不然，在阳光的照耀下，为何湖心会闪闪发光，宛如寒夜晴空里的月辉？而当乌云密布、阴雨连绵的日子，为何湖心又银光闪

亮,会把黑沉沉的天空照耀得明晃晃、亮堂堂的?真的好想,有一只纯美的白天鹅,扑楞楞地向我飞来,驮起我,在艾丁湖,不,在整个吐鲁番的上空,不倦地、永久地盘旋……

　　吐鲁番,你让我终生感动,虽然我曾去过不少地方,但吐鲁番的美丽使我对它产生了难以抹去的印象。当我走进吐鲁番,与吐鲁番的人共度炎热的夏日时,吐鲁番热而不闷、甜而不腻、低而不俗,让我深感到了一种做人的崇高境界!

过桥

　　南边是刀削斧劈的高山,北边是蜿蜒曲折的河流;西岸是金光闪烁的沙漠,东岸是绿浪起伏的原野。河自南向北,将沙漠和原野隔开;桥自西向东,飞架于河的两岸。

　　虽说是水泥桥,其实只有我的一只脚宽,两只脚想贴紧并立都不行。我们排成长龙,从西岸依次上桥。我走在最前面引路,心情却格外平静。天朗气清、惠风和畅,这样过桥似乎很有诗意。我右手高擎着一把撑开的青阳伞,左手像鸟儿的翅膀一样在空中扑棱。空气的浮力不小哦,我俨然踏着轻音乐的节奏疾步如飞。不久,我就闻到了东岸原野上飘来的醉人的清香。抬眼望去,我离目的地已很近很近,只有数步之遥。

　　我的伙伴们大多还在桥上左右摇晃、纤纤细步。他们小心谨慎、生怕出事。见我快要过桥，离我最近的那位便叫我把伞给他。"撑着大伞，你也闲庭信步；轻装上阵，你会脚底生风！"他说。我瞟了他一眼，发现他手都没张开，登山的姿态依旧，但走得从容轻快。不假思索地就把伞递给了他。

我满以为自己已大功告成，不料他接过伞就飘忽不定，"妈呀"一声从桥上跌落。跌落时右手还紧紧抓住伞柄。刚听到他惊叫，我就被张开的伞盖挂住了，身体失去平衡，也从桥上跌落。跌落得那样快，好像飞机从高空向地面俯冲。我赶紧睁大双眼搜寻河面，凝神倾听异样声响。云雾缭绕，了无声息，不见浪花翻滚，不闻流水淙淙，只感觉自己在飞快地下跌、下跌，却又像在天空腾云驾雾。很久很久，我的心一直在紧张地跳动，我的身子一直落不到河底。"多深的河呵！"我感叹，"多深？有天地间那么深？我就这样永无休止地向下俯冲？我的身体不再属于自己、我无法主宰自己了吗？我的天！"

忽然，我从梦中醒来，惊魂未定地睁大双眼：夜阑人静，月光如水，妻子和女儿都睡得很香很甜，仿佛正陶醉于某种深深的幸福呢。好浓的诗意呀！

考验

青不算高，不算苗条，也没有樱桃小嘴。但她很温和、文静、美丽。

我和青是经人介绍认识的。接触她才两个月，我就发现我们情投意合，个性相似，长得也如亲兄妹。记得日本的一位相学专家说过，相貌相似的男

女缘分尤深。我因此时常庆幸能找到青,我把这看成是自己人生最辉煌的一页。

我们时常约会,时间:晚上9点;地点:十字路口;誓言:不见不散。这天,我照样提前20分钟赶到目的地,掏出一张《新民晚报》,一边在路灯下浏览,一边留意她的到来。时间过得很慢,我读完这张四开八版的报纸,才刚好9点。我四下望了望,不见她来。而此时又无事可做,便索性收起报纸,伫立街边静候。表针嘀嘀嗒嗒地走着,我的胸口亦怦怦直跳,成双成对的男女不知过去了多少,仍不见她的踪影。晚上10点,我开始犹豫徘徊。雨下起来了,街上溅起水花,没有避雨的地方,我全身淋得像落汤鸡。11点,她还是没来,我满肚子的怨气。但既然说过不见不散的,我一咬牙,还是决定等她。12点,我的心碎了。悻悻地回到宿舍,我只觉身上异常寒冷。

她并没有向我道歉,也没有解释失约的原因,好像什么也不曾发生一样。尽管如此,她的心却向我靠近了一大步。她开始把我介绍给她的六亲四朋,开始向我谈起未来的生活岁月,眼里也燃起一团呼呼的火苗。

光阴荏苒,转眼又过去两个月,我们在一起的日子,充满着温馨,充满着诗情画意!

男女平等!我们决定改变约会的方式。这次,是她等我。

她果然提前5分钟到达了目的地。这天天气很好。她也打扮得楚楚动人。远远地,我看到她正在路灯下静候,我的心里好甜!可一咬牙,我还是回到了宿舍。"让她也体验一次失约的滋味吧,有起有伏,这才浪漫!"我想。11点多,我又去看她,老远,发现她仍在十字路口,痴了一般,但我还是没过去。这天晚上,一种报复成功的痛快与满足暗暗漫过全身。

我没有料到:她会庄严宣布分手的决定。"那次,我坐在舅舅家的阳台上,撑着青阳伞,目睹你在雨中依然等我,许久许久,觉得你是一个坚定不移的人。考验成功了,我兴奋得通宵未眠。我决定把心掏给你。而这次,你竟寻机报复,你的心胸太狭窄了,你不是光明磊落的大男人,算了吧,就当朋友一场!"她掉着泪珠说。我呆了。"我也是考验你呀,而且……"我嗫嚅道。

不知为什么，我未能把话说完。"此一时，彼一时嘛！"她说，冷冷地……

五年后，我们在沅江岸边不期而遇。我们都有了自己的孩子。我带着我的儿子，她带着她的女儿。没有了往日的羞怯不安，我们平静如水。我说："那天晚上，母亲心脏病突发，生命危在旦夕。我慌了，立即送她去医院抢救。回来，唉，我……""你干嘛不早告诉我呢？"她大惊失色。我苦苦地笑了笑："此一时，彼一时嘛！"说这话时，她的眼里噙满了晶莹的泪花，我的心里亦阵阵隐痛。

想念白雪公主

初识蓉是在安乡县轮船码头。一个美丽的秋日黄昏，我们同揣湖南卫校的录取通知去长沙读书。她活泼得如火焰，美丽得如桃花，可爱得如山泉。只一眼，我就打心眼里喜欢她。

旅途漫漫，孤独深深。按捺不住离乡别井的寂寞，我们很快谈起高中时代的美好时光，谈起雪莱的抒情诗，谈起对未来的心驰神往。或者，我们玩牌、猜谜语、欣赏音乐，变着法儿娱乐心境。

亲不亲，故乡人。到了学校，我们更是一有机会就去逛湘江，登岳麓山，跳快三慢四，访同乡好友。说不清怎的，久而久之，她竟成了我心中最美的风景，成了我倾心苦恋的白雪公主。我开始写诗歌、散文、日记，开始拿她比作所有言情小说中最动人的女主人公，开始茶饭不思，做起连绵不断的玫瑰

色的梦。

那天从岳麓山采摘红叶归来，我斗胆塞给她一张字条，一张我在心中早已书写过无数遍的字条，字条上每行每段都饱含着一个20岁刚出头的毛头小伙大海一样的深情。

接过这张字条，她匆匆去了韶山。很快，我收到了她寄来的明信片：友谊跨越一步就是谬误，你不这样认为吗？你的朋友。

我的心马上流血，还有什么好说呢？男儿有泪不轻弹！以后的日子，我只好强颜欢笑，只好拼命读书，但我还是忘不了她，她的音容笑颜，她的浪漫情调，她的春天般美好的故事。酸楚得很，我一把火将过去所有的诗稿、散文和日记全烧成了灰烬，心里的苦痛仍经久不散。

直到多年后，我们都毕业走向了社会，千山万水将我们远远地隔开，见不到面了，我的内心才渐渐趋于平静。理智苏醒的时候，我发现过去就像海市蜃楼般虚幻，她其实是个极普通极普通的女孩，我也荒唐幼稚得可笑。

现在有了家庭，我倒洒脱起来，爱人虽不知彩霞般绚丽灿烂，却如水仙般一往情深。我们相敬如宾，同甘共苦，小日子过得平平淡淡又实实在在，充满水一样的清新和花一样的温馨。

虽然有时候，我也翻出那张明信片细细端详，但心里除了羞怯，不再激起波澜、眷念和痛苦。我感到：过去充其量只是人生的一个驿站，只留下生动而真实的故事，引人走向成熟。现在才弥足珍贵，是真正可以久居的宫殿，而相依为命的妻子，才是让我朝思暮想到老的白雪公主。

依旧是太阳

没有结局的结局

生日时,卉送给我一幅水彩画,为此,她花费了整整一个通宵。

卉那时在师大中文系读书,我在美术系。一次上学途中,我们乘同一辆公共汽车。慢慢认识了,她就大大咧咧地向我谈起莫泊桑、王统照、普希金,还拿出她自己写的一本散文诗给我看,一边向我解释其中的含意。我呢,则潇洒自如地向她介绍达·芬奇、拉斐尔、齐白石等,还拿出自己秋游君山时创作的一组山水画请她欣赏,并坦白告知她之所以创作这些画的真实意图。

回到学校,说不清怎的,她很快就热衷起绘画来,我也鬼使神差想爬格子了。我们因此常去学校后面的岳麓山上谈心和相互讨教。不出一年,我发表了好些抒情小诗,她也发表了不少中国山水画。我们高兴得不得了。

自然,她送给我的那幅水彩画是清新隽永的。记得最初接过那幅画,我的心里立刻有股暖流淙淙漫过。同寝室的同学也大都说这画有画外之意,我就越神思恍惚了。可好几天,当我在校园外的小石径上和她不期而遇,发现她依然平静坦然一如从前,便怨起自己多情善感来。说真的,我不明白她何以送我这幅画。

但轮到她过生日,我亦作了首格调相近的抒情小诗送她,诗云:思念 / 是一只勤劳的啄木鸟 / 在叮叮当当地啄你 / 金子般沉甸甸的心;思念 / 是夏夜阵阵袭来的凉风 / 在窸窸窣窣地轻吹你 / 冰晶般透明的门。你什么都可

贴着大地行走

以拒绝／就是不能拒绝思念。同样不明白何以作此诗送她。只记得送她这首诗时，她很羞赧的，脸红得如桃花。当然事后，我也尽量表现得平静坦然一如从前。果不其然，她在苦苦失眠了整整一个夜晚后，竟也像我一样埋怨自己多情善感了。这是怎样的"恶作剧"呢？

时不我待！经过生日的故事，我们惶惶然地走上了社会。两年后，我们又匆匆忙忙地各自结婚了。有趣的是，我的妻子是她的同学，她的丈夫亦是我的朋友。只因过于忙碌，毕业后我们一直未能见面，往事也就如水一般渐渐地流远了。

一个偶然的机会，当我和她又一次不期而遇街头，见到彼此的孩子，我们的双唇竟抖动得如波浪，我们的脸霎时玫瑰般地红了。5年，5年了呵！

回到家里，一种强大而无形的力量驱使我立即找出她送给我的那幅双鹿戏水画，看得比以往任何时候都要醉心。惊人地相似，她也马上从箱底翻出我送给她的那首抒情小诗，读得比以往任何时刻都要动情。我们就像触了电，心里涌起从未有过的绝美的浪花。

但从此，我们害怕见面了。为什么？不知！

路障

公共汽车一驶出常德汽车北站，我们的心立即开始奔驰，仿佛听到了一种遥远而亲切的呼声。临近佳节，所有单位差不多都放假了，我因有要事在身,只好拖至今日。不用说,等待与亲朋好友团聚的愿望是火烧火燎的。

可事不凑巧,还未开出半里,汽车便动弹不得了:前面的车辆已停成长龙,左右两侧的行人又围得水泄不通。约摸半小时,这条长龙才缓缓蠕动。走了一刻钟,来到十字路口。经过分流,道路明显宽敞。归心似箭,司机是理解我们的。不用提醒,他一踩油门加快了速度。我们紧紧盯着前方,耳旁有风声如哨般奏鸣。正快意时,忽见路上有人影晃动,司机马上按响喇叭,依然无济于事,眼看就要发生不测,司机只好猛踩刹车。汽车戛然停住,车内的人都如落入了惊涛骇浪。毋庸置疑,此人是个聋子,而且精神不大正常。司机懒得骂了,撇下他继续开车。一小时后,当汽车风风火火地驶入周家店,我们目睹一辆小中巴和大卡车相撞了!大卡车已扭曲变形,小中巴更是惨不忍睹。道路上玻璃碎片如雪花撒地,还有殷红的鲜血汩汩流淌。通过交警开道,历经20分钟,被堵的车辆始得启动引擎匆匆前行。到蒿子港时,因碰上赶集,路上人涌如潮,车辆不得不走走停停。好不容易跑到沙河口渡前,算是走了三分之二的路程。可恼人得很:也不知是拖拉机和大卡车等收买了渡口管理员,还是别的什么原因,轮船总是先渡它们。弄得遵守纪律讲秩序的公共汽车老靠边站,根本没法过河。乘客们急得打开车窗骂娘,司机也纷纷跳下车找渡口管理员评理。渡前吵吵嚷嚷,一片混乱。等了3个多小时,我们的车才算捕到机会,咬住一辆大卡车的"屁股",不顾一切地冲上了轮船。过完轮渡,在乘客们迫不及待的催促下,司机狠心加大油门。汽车在飞了,我们还嫌不够快。这不,从沙河口算起,平常要跑1个多小时,今天却只用了40来分钟,便能隐隐约约看到安乡县城的轮廓了。谁料乐极生悲,就在这关头,车熄火了,原来是仓仓促促未加油,活见鬼!没法,乘客们只好背上包袱和行李步行赶路。这时已是下午5点。我们是乘上午8点的公共汽车出发的,区区80公里的路程,公共汽车竟跑了9个小时!而当我们精疲力竭赶回家过年时,已是下午6点,夜幕将临,我们哪还有一丝一毫的欣喜呢?

现实生活中,人们经常行色匆匆地赶路,人生道路又漫长崎岖,要一帆风顺地到达目的地实属不易,若能少些人为的路障,那该多好!

奶奶的告诫

奶奶谢世多年了，但有一事却经常潜入我的梦乡，或者于不经意之间重又浮现于我的脑海。

儿时，我嘴馋得如贪吃的小猫。奶奶家最爱种果树，我和小伙伴们便把目光盯准奶奶家。但毕竟胆怯，于是，梨子熟了，我们悄悄去偷，动作轻灵得像黄鼠狼；桃子、李子、枣子红了，我们垂涎三尺，心里宛若有千万只鹅羽不断撩拨一般。有一年，奶奶家的桃子又红了。我邀上几个小伙伴，蹑手蹑脚，小蜜蜂一样飞到奶奶家的后院边。趴在深深的杂草丛里，我们掏出自制的弹弓枪，越过篱笆墙，徐徐向后院里的桃树底下摸去。不知怎的，奶奶神不知鬼不觉地闪现在我们身后，大喝一声：抓贼！我们吓得魂飞魄散，不料奶奶却扔下我们，若无其事地走向附近一棵大桃树，扬起竹竿，一口气打下了整整一小桶桃子。我们惊呆了，以为奶奶是在发泄怨气，完了要找我们算账。哪知转向我们的一瞬间，奶奶的脸上竟洋溢着春天般的光彩，她把桃子全分给我们，慈眉善目地说："小鬼们，爱吃就多吃点吧，不过，以后可要光明正大。像我这样，用竹竿打；或者，告诉我后上树去摘。但不许偷偷摸摸啊！老话说，小时偷针，长大偷金。当然，我相信你们是好孩子！"……奶奶满面春风地送走了我们，真让我们感动不已。从此，每每嘴馋时，我们再也用不着掩饰，用不着提心吊胆了。

"要光明正大！"即便到了成年,这话也时时敲击我的心灵,教我不想与阴谋诡计为伍,坦坦荡荡地做人。

依旧是太阳

太阳快落山了,晚霞如一朵血红的玫瑰。

这是最后的时刻！当她突然宣布分手的决定,她的脸铁青,听得见他的心跳,也感受得到他的血液怎样流淌。

他没有吭声,转身关上门,又转身向她走来。她慌张,想说什么,但没开口。他走近她,缓缓脱出身上的那件罂粟色的西装……她更加惊慌:也许,天啦！她打了个寒噤。他没有触她,径直朝窗前走去。开窗,一阵凉风袭来。沉默,他又向她走去。她不动,依旧保持原来的姿态。蓦地,她感到肩上坚实有力。她不敢回头,索性再闭上眼睛。许久,许久。

环顾四周,窗子已关得严严实实,身上也开始感觉温暖——啊,西装,他留下的！披在自己身上。什么时候,他真的走了。无声无息。门也关得密不透风。

瞬间,一种沉重的失落感如铅灌满整个房间。打开门,她想望着远方、深深呼唤,但没有。开窗,又一阵凉风袭来,冷清、刺骨、孤独。秋天将逝,冬日将临。

她患了肺癌,晚期！想让他恨她,早日忘却她,以便迎接新的黎明。于

是，她终于这样做了，虽然心上如刀绞般难受。"他肯定不会再来的，永远！他的自尊心比什么都强，办事从不回头，即使一千次都是错上加错。"她是那样了解他，眼里噙满晶莹的泪花。

然而，他还是来了。她大惊。

"你真不该这样，肖晓，你妈已经告诉我了！"他有些生气。

"我妈？""是的！"他走近她，拥她入怀，深情地说："太阳，即使快要落山了。即使已经落山了，也依旧是太阳啊！"

父子之间

那是儿时的事了。

小猫一样嘴馋的我，总爱趁父母不在家，里里外外找零食吃。母亲精明又严厉。回来发现瓷缸里的红糖或盒子里的饼干少了，必操起树枝抽我。一边抽，一边狠狠地说："棍棒出孝子，娇养恶孽儿！"即便如此，我也经常好了伤疤忘了疼，屡教屡犯。"这孩子太倔，真没办法。"母亲埋怨地说。父亲也不答理，一笑了之。

出于好奇，我开始对父亲的吸烟感兴趣。父亲吸烟好凶，一天到晚不离手，云里雾里。幸而父亲没有选择，8分一包的也吸，1角3分一包的也吸，要不，我们家肯定承受不起的。我觉得吸烟蛮有味儿，便伸手跟父亲讨，细心的母亲发现了，又要去取柳条枝，我吓得抽身就走。我到底挡不住神秘的诱惑，捕个时机，还是不声不响偷到了父亲的"经济烟"。躲在屋后的竹林里，兴高采烈的我开始学着父亲的模样吧嗒吧嗒地吸烟。猎物终究逃不过猎人的眼睛，这一举动又被母亲发现了。

母亲照例要教训我。失魂落魄的我赶快跑向父亲，匆匆把烟交给他。父亲笑着立即用身子隔开母亲，和颜悦色地对我说："小孩子哪有吸烟的？"我说："那你怎么吸？"父亲说："只怪我年轻时不懂科学，一吸就上瘾，现在改不掉，木已成舟啦！""科学？"我不懂这个词。父亲便俨然教书匠似的向我解释说："烟是用烟叶制成的，烟叶中含有大量的尼古丁，尼古丁有毒，可引起肺癌、支气管炎等疾病，还可加速人体衰老。你瞧，我的脸不是很黑吗，就像这烟。"他摸了摸我的后脑勺。"那有什么？"我扬起眉，眨巴着眼睛。"发展下去，要死人的！"父亲提醒我。"死人，奶奶不是说人都要死吗？"我咬住父亲的话。"这孩子"，父亲又摸了摸我的后脑勺，"人死有一个过程，可吸烟的人死得快得多！"我吓得全身发抖。"爸，你也不吸烟，好吧？"我反过来劝父亲，"好，好！"父亲怜爱地望着我，口头上说。

从此，我再也不想吸烟了，甚至远远地躲着父亲，当然是在父亲吸烟的时候。

母亲惊讶于父亲的绝招，感慨地对父亲说："看来你比我行！"父亲就乐得不得了，说："要不迷信那句老话，收起你的武器吧。对孩子，循循善诱比什么都重要。"

贴着大地 行走

琴声

琴声很美！时而如溪水汩汩流淌，时而如大海激情澎湃。

好几天了，他伫立窗口谛听，醉意如醇酒般浓烈，周身热血沸腾。终于，他被磁石一般吸引过去，沿着湖边小道，悄悄来到这琴声的所在。

啊，从未见过如此亭亭玉立、千娇百媚的姑娘！他的胸口怦怦直跳，想说的话一句也记不起来。

"我们能成为朋友吗？"他努力试探道。"你不后悔？"她从口袋里摸出一张疾病诊断证明书——肺癌。"啊！"他大惊失色地扫了一眼，头上如挨了一记沉重的闷棍。

以后的日子，他不再去湖畔。他胆怯而心寒："假使我跟她交朋友，父母和兄弟姐妹会怎样反对我，周围的人会以怎样的目光看待我，而我，未来的生活之路又该怎样走呢？"

可他终于忘不了优美的琴声和姑娘新月般的美丽。一天，他又去了湖畔，想寻回一点什么。蓦地，他又听到了那琴声，依然动人心弦，他又见到了她，依然貌美如花。只是，她的身旁依偎着一位形容枯槁的男人。

"是你？"他马上走近她问。"是的！"她抬头望他一眼。"你不是……？"他满脸狐疑。"得了肺癌？"她好笑："可那一开始就不是我呀！""那么，是他？那张疾病诊断证书……"他惊得呆了。"是的，是我爱人的。"她说。"有时，健康的人未必没有癌症，癌症患者未必就不健康"。她激动地说，"比如他吧，就死活不愿连累我，而我，却怎么也离不开他。"

考试

学生时代，我们最害怕的事情莫过于考试，特别是进入高三之后，这种感觉与日俱增。

比较起来，我们对数学考试又更畏惧些，那时肖老师教我们数学。他30多岁，身材瘦削，但长得挺英俊。他只念过初中，却以惊人的毅力自学完了重点理工大学的全部教材。他上课很生动，很得要领，很有启发性，但出考题却经常又新、又难，你脑子不开窍，根本没法解。我还清楚地记得有一次考试，班上仅一名男生考了68分，其他学生则概不及格。分数张榜公布后，女生们以泪洗面，男生们则牢骚满腹。

上课时，肖老师说："考场就是战场，不使出浑身解数，哪有那么容易过关的？第一堂课，我给大家讲过拼命三郎的故事，记得不？"教室里鸦雀无声。

不出半月，期中考试。全班学生摊开考卷，一开始便如临大敌。我们拼命咬笔头、钻牛角尖，苦思冥想下来，未及格者还是绝对多数。肖老师很痛心："这里面至少有半数是考初中生的题呀，你们理应打高分才对！"他说，又操起粉笔一连给大家解了好几道题示范。我们这才恍然大悟，知道又上

了当。接着,肖老师满足地一笑:"当然,把考试复杂化,看难了也不行,要有应变力。"教室里依然鸦雀无声。这类考试以后又反复过好些次。

高考前夕,班上举行最后一次模拟考试。因为考题比以往任何一次都要容易得多,考完,全班学生都打了 90 多分,100 分者也不少,自然笑逐颜开,皆大欢喜。总结会上,肖老师满面春风地说:"同学们,拿破仑说过:谁笑到最后,谁笑得最美。我预祝大家一路顺风!"我们就这样走进了高考的战场。

果然没有辜负肖老师的厚望,全班 40 名考生,竟有 36 名上了大中专录取线,还有被清华、北大、复旦等名牌大学录取者。

聚会母校,我们问肖老师何以那样组织考试,肖老师想了想,说:"人生亦如考试,开头往往很难,一定得厉兵秣马;中途风云变幻,又得沉着、冷静、机智;最后改写命运的时刻,当然得振奋精神,斗志昂扬啦!"说到这里,肖老师朗声大笑,"所以,我的考题先是让大家如狗咬刺猬,无从下手,接着时易时难,最后就让你们大获全胜、高歌猛进啦!"

那次化学考试

读初中时,我有值得大书特书的骄傲史:每次语文考试,我都能轻而易举地进入班级前 3 名,英语和政治考试的情况更好。只是每次的化学考试,我差不多都在"玩尾巴"。那时在我眼里,上化学课 45 分钟如坐针毡,连看一眼化学老师石继华也倒胃口。到后来，一上化学课我便索性捧出本《三国演义》，在课桌下津津有味地偷看。石老师发现了我，也只用粉笔敲敲讲台便继续讲他的课。我知道他是在提醒我，但又无意让我难堪。

一晃到了期终。印象中，那次的化学考试题我全做了，但每道题都是稀里糊涂碰运气，对错根本没把握。考完，我照样心情沉重地回了家。我想，届时再看老师的乜视同学的白眼父母的怒容吧！

可事情大出所料！一周后，石老师踩着自行车，满面春风来我家道喜了。见到我的父母，他喜滋滋地说："戴希的化学学习大有长进。这次考试得了 92 分，名列班级第二呢。要知摘取'银牌'的……"父母乐得不得了。返校之后，石老师又把我叫到他的房间表扬，又当我是班上后来居上的典型。我本怀疑自己确能考得如此好，但面对石老师连珠炮般的赞扬和肯定，竟也心旌摇动，劲头十足了。从此，我对化学产生了浓厚的兴趣，看着石老师也备感亲切了。通过坚持不懈的刻苦钻研，我革除偏科的恶习，各科平衡发展，后来又一鼓作气，一帆风顺地考上了高中和大学。

感谢石老师对我的激励和帮助，大学毕业后的一天，我又提到那次终生难忘的化学考试。"你是说那次的考试吗？"半晌，石老师莞尔一笑，然后有些难为情地告诉我说："老实讲，你考得很糟呢，26 分！我足足考虑了一个通宵，决定欺骗你一次，以彻底打消你的自卑感，给你争上游的信心和力量。于是，我有意制造了那一幕'喜剧'。后来，我的目的实现了，你不知道我有多高兴！"说到这里，石老师有意提醒我，"其实，我不知你疏忽了一个细节，只有那次考完后，我一直没有将试卷分发给你们，一直没有作试卷分析和解答，想起来了吗？"

我恍然大悟，心头先是吃紧，继而热乎乎的。多么善意的欺骗啊，正是因为这次欺骗，我没有"跛腿"，如愿以偿地走上了自己美好如花的人生之路。

谢谢你啊，石老师！

第三辑

Yao Zuo Hao Ren

要做好人

轻轻问候你

那是一个如火如荼的夏日，我和妻手拉手款款漫步于公园的林荫小路。

忽然，有对中年男女满面春风地向我们走来，女的风度翩翩，男的英俊不凡。"丁年！"当他们行将走近我，女的惊喜地问候道："还好吗？这位是你——"她十分俏皮似的。我不由得一愣，我压根儿不认识她，怎么……？但我很快笑容可掬地问候她："很好呢！是我爱人。你们好吗？""好哇，谈不上浪漫，但很充实！"说道，四个人的心里都热烘烘的，仿佛不期而遇多年前的老朋友。末了，他们还留下住址请我们方便时一定去玩，我们亦彬彬有礼地回请了他们。直到依依不舍地互道"再见"，我敢说，他们也没有真正认出我是谁。真是一幕闹剧！

又走了一段，妻才惊讶地问："你怎么叫'丁年'呢？想必跟他长得极像，谈话举止也雷同，让她认错人了吧？"我得意地直点头。然后，我下意识地告诉妻子一个十分别扭的故事。

也是一个如火如荼的夏日，我因有事去某厂找朋友。从自行车上跳下来，恰逢一辆皇冠牌小轿车"嘎"地停在身旁不远处。接着，步下几位气宇轩昂的中年男人。其中一位竟是我大学时的同学谢勇呢！我说不出有多高兴，赶紧直奔过去。"你好哇，谢勇！"我一拍他的肩头，也想给他一个意外的惊喜。想不到抬头看见我时，他竟当我是陌生人，一副冷冰冰的面孔，从

鼻孔里哼出一句:"认错了,先生!"然后大摇大摆地向厂部走去。此时,周围很快围上来许多异样的目光,仿佛我是个精神病患者。我心里如哽着枚酸枣,背上如芒刺在扎,难堪、羞愧极了。虽然事后探听到的情况证实我没有认错人,但我不知是他当了计财科长没眼皮看我,还是我确实变了许多,让他认不出来了。但我想,大庭广众之下,给我一点面子,轻轻问候:"你好,朋友!"于他又有何损呢?我闷闷不乐。而这次,我之所以也把她当熟人轻轻问候,是因我不想让她也难堪、羞愧。我要让她感受到人世间的热忱、理解和亲善。因为在人生漫长的旅途上,我们往往遇到陌生人多得多,干嘛不让人感到处处有家园呢?冰心说:"我们都是长行的旅客,向着同一的归宿"呀!

妻马上接过我的话,甜甜地:"轻轻问候你,朋友!"

一堂刻骨铭心的解剖课

上人体解剖课,深入细致地了解和认知人体亦即人类自身,起初感觉新鲜、有趣,学习热情就高,精力也很集中。

但时间一长,接触的老是:"心脏位于胸腔纵隔内,两肺之间。呈圆锥形,大小近似本人拳头,重约 200 克"啦;"成人共有 206 块骨头,按其所在部位分为躯干骨、颅骨和四肢骨三部分。躯干骨有 51 块,颅骨有 29 块,四肢骨有 126 块"啦;"小肠是吸收营养物质最主要的部分。食物经过小肠,基本完成消化与吸收"啦……诸如此类、没完没了的知识,在书本上学过之后,又去解剖室反复解剖用福尔马林保存的人体标本(实际上就是人的尸体),便越来越觉得枯燥甚至恶心了。你没有闻过福尔马林吧,那种刺鼻难受的气味!

大一那年,幸亏方冰教授教我们人体解剖学。美貌如花又善解人意的她,对我们学习上表现出的情绪变化,早已洞若观火。

那天花香鸟语、阳光明媚。方教授迈进教室时,也是一脸温馨的笑颜。要知道,方教授做学问极其严谨,弄得平素的表情也很沉静的。同学们感到惊讶,眼前一亮,便齐刷刷地注视她。

"同学们,你们是不是觉得——上解剖课乏味?"走上讲台,方教授和颜悦色地问。

"是呵!"有同学响亮地回答。

"那好!"方教授神秘兮兮地,"过去,我们对人体的生理结构解剖得够多了。今天呀,我就用你们做标本,来解剖人类的心灵和情感!"

"用我们做标本?""解剖人类的心灵和情感?"同学们一愣。

"哇噻!"教室里生动热闹起来。

"怎么解剖?"有同学迫不及待。

"我请同学们做张试卷——两道选择题?"方教授一双玉手轻轻撑着讲台,用柔柔的目光征求同学们的意见。

"好!"同学们异口同声。

试卷发下来,上面真的就两道选择题。

第一题:他非常爱她。她的姣容闭花羞月,身段婀娜俊俏,气息清纯甜美,性情温润善良。可是有一天,她遇上了车祸。通过住院救治,虽然保住了性命,但脸上却留下了难看的疤痕,身体也有些残疾了。请问,他还会爱她吗?

可选答案:(A)一定会;(B)一定不会;(C)可能会也可能不会。

第二题:她非常爱他。他不仅长得帅气、品行出众,而且已是富可敌国、

贴着大地行走

大名鼎鼎的企业家。可天有不测风云,他的企业突遭致命打击破产,他现在一无所有了!请问,她还会爱他吗?

可选答案:(A)一定会;(B)一定不会;(C)可能会也可能不会。

"咳,有趣!"同学们略一思忖,很快上交了试卷。方教授让曾卓和晓雪上台,一个唱票,一个监票,在黑板前公开统计答题情况。

结果:第一题选答案(A)的学生占10%,选答案(B)的学生也占10%,而选答案(C)的学生则占80%;

第二题选答案(A)的学生占30%,选答案(B)的学生占20%,选答案(C)的学生占50%。

"看来,女人比男人重感情。或者说,在情感天地里,女人的青春美丽比男人的声名财富更珍贵、更重要!是这样吗?"方教授看看答题结果,眨了眨眼。

有同学眉头一皱、点头。但多数人却沉默不语。

"我在想,你们都认为这两道题中的'他'和'她'是对恋人吧?"方教授不动声色地问。

"那当然!"同学们脱口而出。

"可题目中并未交代'他'和'她'是对恋人呀!"方教授启发道。

"但我们的直觉已告诉我们!"同学们仍然自以为是。

方教授就微笑着摇头:"世间之事,恐怕没这么简单吧?"

"难道:第一题中的'他'和'她'就不能是父女关系?第二题中的'她'和'他'就不能是母子关系?"方教授进一步点拨道。

"是呵!我们怎么想不到这一层呢?"拍拍脑门,同学们恍然大悟。

"能想到就好!"方教授感叹道。"现在,把第一题中的'他'和'她'定位于父女关系,把第二题中的'她'和'他'定位于母子关系。想想看,你们又怎样答题?"方教授又一次给同学们下发试卷。

教室里气氛庄重肃穆,静得只有笔尖在试卷上掠过的沙沙声。方教授还注意到,同学们眼眶湿润,眼里都有亮晶晶的东西。

试卷很快收齐。这次统计结果:第一题与第二题,选答案（A）的学生都是100%,没有一个学生选答案（B）和（C）了!

"看来,在我们心灵和情感的深处,父母之爱都是最可信赖的! 实际上,也只有父母之爱最无私无畏、最永恒坚定、最崇高伟大! 所以,同学们,无论何时何地,你们都要想到父母的爱;无论何时何地,你们都要善待自己的父母呵!"看看答题结果,方教授颤抖着深情地说。

光阴荏苒,逝者如斯。许多年过去,不知为什么,那堂解剖课仍然历历在目,让我们常忆常思,心河上总泛起粼粼的涟漪……

去戈壁

走在城市,睁眼就是钢筋水泥的森林、川流不息的车辆和拥挤不堪的人群。目光投射都是近在咫尺,迈步前进都是小心谨慎,工作生活都是匆匆忙忙。总感到狭窄闭塞、郁闷惶恐、身心疲乏……

而到甘肃,从酒泉去敦煌,乘车行驶于茫茫的戈壁滩,眼前却是一片空旷、坦荡、辽阔和高远。置身于恢弘的戈壁滩,目光可以向天边不断地延伸,无遮无挡;心灵可以自由地驰骋,无羁无绊。戈壁滩上,天蓝得透明发亮,云白得如雪似棉,阳光成了精美的诗歌,微风俨然轻曼的舞蹈。没有飞沙暴雨,没有烟雾浊气,一切都是澄碧、明净、纯洁、和谐。来到戈壁滩,恍然上了天堂、与世隔绝,胸怀一下开阔,心情一下惬意,所有的烦恼、痛苦与怨恨,所有

的傲慢、短视和偏见，都如行云流水一般，离我们远去。

漫步人生，难免遇上堆积成山的困难、连绵不断的挫折、重重叠叠的逆境，难免心灰意冷，准备偃旗息鼓甚至销声匿迹。可见到戈壁滩，我忽地变得坚毅顽强、不屈不挠。

"戈壁"，蒙古语意为"难生草木的沙石地"，它是粗沙和砾石覆盖在硬土层上的荒漠地形。虽然，长年累月没有一丝儿雨水、一点儿软泥，只有风化、贫瘠的盐碱地，坚硬、密集的沙砾层，我却惊奇地发现：居然还有一束束、一蓬蓬的骆驼草在戈壁滩上呐喊着生长。导游告诉我，这些骆驼草一直繁星似的闪亮，为千里跋涉的骆驼提供能量充足的食物，使千里迢迢的戈壁滩上不时响起清脆悦耳的驼铃声。正是这些旗帜一样猎猎招展的骆驼草，导引了古丝绸之路的繁荣兴旺，书写了神秘西域的辉煌过去。广阔无垠的戈壁滩上，也悄然生长着耐旱耐碱的锁阳，一种人只需吃一丁点儿，就能精神焕发、精力陡增的珍稀植物。我真的想象不出，锁阳的根系，到底是什么样的利剑，竟能刺入厚而硬的沙砾；它们的身躯，到底是什么样的钢质，竟能抵抗强烈的紫外线辐射，在极其恶劣的自然环境中，挺直腰杆；它们的咽喉，到底是什么样的金嗓，竟能永不嘶哑地引吭高歌。但不管怎样，它们的精神已深深侵入我的骨髓，深深感染我的心灵。

我还在沉思默想，未回过神来。忽然，热烈奔放的阳光把戈壁滩照得无比辉煌灿烂。我的眼前一亮：看到大海、看到大海啦！在天与地的连接之处，在明晃晃的地平线上，蓦地出现了蔚蓝色的大海。大海一会儿惊涛翻滚，一会儿涟漪荡漾，一会儿风平浪静。海上，还有千帆竞发、鸥鸟群飞。戈壁滩会与大海相连？我惊问。哪能？那是海市蜃楼，又叫瀚海蜃楼或沙漠海市。导游很自豪的样子说，如果运气好，你还可看到白色的迷幻雾气中，时而出现高楼大厦、亭台楼阁，时而出现奔跑的野马，翠绿的田野和喧闹的街市。这些美景若隐若现、虚无缥缈、瞬息万变，神奇着呢！听了导游的话，我更加兴致盎然。睁大眼睛一路寻觅，但未能如愿以偿。

我不甘心！纵然时间受限、行程趋紧，不能继续在此逗留守候。但是，为了心中美好的向往和燃烧的热望,戈壁滩,我还会再来!你是本值得好好品读的书,是一所锻炼意志的学府,是个巨大而强劲的天然磁场!

感受家园

总在寻找家园,可家园是什么呢?

回想起来,儿时真像不羁的野马,天刚亮,没准箭一般往外冲。在某个地点会合同伙,立即开始挖陷阱、捣蜂窝、玩战争游戏、捉迷藏或者过家家。常常乐而忘返、食不果腹亦浑然不知。但暮霭笼罩,又好像有人提醒,我们会睁大恐怖的双眸,一窝蜂地往家里跑。吃过晚饭,甜甜入梦。

长大后背井离乡,总带着深深的失落。"每逢佳节倍思亲!"站在城市的高楼开窗远眺,水墨画一般美丽的故土倏地跃然而至:清晨竹尖上滚动着晶莹的露珠;晚归的牧童吹出悠扬的笛声,骑在宽宽的牛背上,迎着火红的落日余晖凯旋;夜风轻轻吹拂,荷香沁人心脾;乡野炊烟袅袅;乡亲笑容可掬⋯⋯我的心里流进一股清泉,似有鹅羽撩拨,好想回家!

我开始涉足爱河。有了形影不离,如胶似漆的女伴,也就有了心灵的依托。那一段日子,喝着水也是甜的。女朋友花一样的美丽,醉透我悠长的梦境,她成了我全部的人生追求,像一座富丽堂皇的宫殿。后来,我们结婚了,有了宝贝女儿,家中充满融融的春意。

一晃女儿大了,我也过了而立之年。蓦然回首,竟然没有留下一个可以

值得骄傲的足印，不禁扼腕叹息，遗憾深深。思前想后，总觉得不能虚度年华、碌碌无为。怎样使人生绚丽夺目？我咬咬牙拿起笨拙的笔，决心用它改写过去的贫瘠。经过无数次的摸爬滚打，经过不屈不挠的奋争，我的文章一篇篇变成铅字，升华我人生的境界。面对这几百篇琳琅满目的文艺作品，我心里说不尽的踏实和幸福。

总在寻找家园，可家园是什么呢？

儿时安全如避风港的茅舍？背井离乡令人魂牵梦绕的比花还温馨、比蜜还甜的爱情？充满天伦之乐、充满融融春意的家？崇高的理想和辉煌的事业？

骨瘦如柴的男人

据我所知，女人瘦一点还可称苗条，给人以杨柳依依之美感。而男人一旦瘦起来，则不仅不美，世人还以病态视之。有一首流行歌曲唱道：阿里山的姑娘美如水，阿里山的少年壮如山……称颂的就是女人的柔美与男人的壮实。

我属骨瘦如柴的男人，虽没有病，也因之自卑了许多年：头抬不起来，全身像灌满了铅一样沉重，不敢出入社交场所，不敢找对象，等等。

只是近日的事实倒使我感到骨瘦如柴的男人也绝非一点好处没有。

事实一：单位每有重体力活，连女人都冲锋陷阵了，也没有一人对我翻白眼，即便做得非常少，人们还当我早已尽力而为，谅解！事实二：自我进办公室后，每有应酬之事，酒桌上劝我喝酒的人一反常态地少了。我因之省却了招架不住的敬酒和烂醉如泥的痛楚。更重要的是，还可趁对方喝得稀里糊涂，头脑清醒地跟他们"讨价还价"，圆满完成各项任务。事实三：瞧我这副无病有病的样子，老婆绝对不会担心我外出寻花问柳。即便经常跟人家娇小姐谈工作、进舞场、逛大街也不打紧，潇洒！事实四：儿子每有偷懒动机，我可以自己为教训，开导他勤劳发奋。否则，长大了就是老爸这猴样，吓得他面如土色，不得不做家务事，减少了他母亲的劳累。事实五：自我发文章小有名气之后，人们很自然地就将我这等身材与文人学者的象征密切联系在一起。还举出大数学家陈景润、大作家邹志安等等为证，似乎不瘦者无才，美！

由此观之，骨瘦如柴的男人也有骨瘦如柴的妙趣和优势。幸哉！幸哉！

释放心情

工作不顺心，事业无起色，疾病轮番袭击，女友绝望而去……多少美好的愿望一个个肥皂泡般地破灭。曾经有一段时间，我感到天是灰蒙蒙的、地也是灰蒙蒙的，心头宛如压着一座大山，消沉、压抑得几乎想离开这个世界。

偏偏那时，有个美丽如雪花、亮丽如水晶、欢快如小溪的女孩笑吟吟地约我喝晚茶了。原因是，她的一篇散文经我润色修改后，竟在一家省级文艺杂志上刊出了。这可是她的处女作！我真不忍心破坏她那春暖花开的好心

境和她的拳拳邀约,我同意了。

晚茶厅的灯光异常柔和,气氛格外温馨。我和她面对面而坐,小方桌上摆满了她精心挑选的花生、葡萄干等茶点。她总是微笑着,一双清纯如水的眸子,让人无法心生异念。品着红茶,我们很快谈起小说、诗歌、散文,渐渐地就有些醉意渗入。正是在这种醉意中,我把自己心中的苦恼和失意一股脑儿向她倾诉开来。女孩不谙世事,却一直带着善意,静静地聆听我发自肺腑的心音。末了,她也未能怎样安抚和激励我,也许没有这方面的体验,想不出好的词儿吧。

事后我才觉得向一个纯真烂漫、无忧无虑的女孩无所顾忌地倾诉心中的苦涩与沉痛实在不甚妥当。尽管如此,积淤已久的坏心情一旦释放出来,我却意外地感到,自己俨然换了个人,竟不再悲观失望,不再萎靡不振了。后来,我以积极的姿态投身于火热的现实生活,竟然又取得了不小的成功,不知不觉之中改写了自己的人生。

回想起来,释放心情真是一种上好的解脱方式,一种积极的人生态度和新的能量转换方式呢!

那年过年

那年过年,恐怕我这一辈子也忘不了的。

过年前,红花草、车前子、南瓜叶、地米菜……能入口的几乎都吃过了。

过年那天,再也找不到可以充饥的食物,家里凄清得就像灌满了冰霜。

忽然听说十五里外的未名湖尚有野藕挖,父亲马上拿了铁锹和土箕,拖着芦苇般风吹两边倒的身子匆匆出了门。我总担心会发生意外,也跟父亲出去。母亲和姐姐则蜷缩在家里,等米下锅。那年我十岁。

未名湖不知什么时候干涸了。青翠的湖滩上,人们蚂蚁般来回寻觅着。铁锹没精打采地扬起,又没精打采地落下,从早到晚,能挖到七八只野藕算是幸运的。天气很冷,风刮到脸上像刀割一般。怀着满肚子的希望,使出浑身解数,睁大眼屏声静气地在湖滩上挖啊挖啊,到夜幕降临了,我们也只挖到二只。又找来荷杆和野草点燃照明,支撑至夜阑人静,才又挖到了三只。这时,想到母亲和姐姐还在苦苦地等待、饥肠辘辘,我们便决定打道回府。走在弯弯曲曲坎坎坷坷的田间小道上,双腿一拐一拐,脚底生疼生疼,全身都早已近乎麻木了。

回到家,用柴禾生火将野藕煮熟,狼吞虎咽完时天已微明,一家人心里苦涩涩又酸溜溜的。

如今好了:平常的日子也被阳光温暖和明亮着,也被雨露清新和滋润着,人们时刻感受着生活的充实、富足和文明。过年,那种甜丝丝的味感,那种潇潇洒洒的劲儿,那种美满的氛围,更是难以用言语来形容。

尽管如此,我却仍被过去的艰辛岁月深深感动。没有经历寒冬的人,永远感受不到阳春的温暖。珍惜流光溢彩又殷实富有的好年景吧,十倍百倍地。

恐怕,我这一辈子也忘不了那年过年。

逃避羞辱

逃避羞辱,最好的办法也许就是外表佯装不知、内心默默忍耐,并继续延伸自己的纯真。这是我从女儿身上得到的启发。

那晚一觉醒来,妻摸摸床单,发现女儿尿床了,被褥湿漉漉的,不禁大为光火。"又做害人事了,看我打死你不!"妻一边嚷嚷,一边还真的将女儿翻了个身,抡起巴掌就朝她的屁股上狠狠地拍打。

我一见这场面就很慌神,心想不好了,接下去女儿没准哇哇大哭;吵得左邻右舍好梦难圆。哪知女儿竟屏声静气,岿然不动。

"你还装蒜?鬼东西,这次看我非打死你不可!"很快,女儿的屁股上留下了几道清晰的指纹,但她仍紧闭双眼,面不改色,任妻发泄愤怒。

我知道女儿的睡意早已惊醒,因为她的睫毛在伤心地颤抖。

这样对峙良久,妻终于心慈手软,不忍再打女儿。

翌日清晨睁开明亮的双眸,哪想女儿竟像什么羞辱都不曾有过,张开嘴就叫:"妈妈,妈妈——"声音柔柔的,甜甜的,撩人心弦。

妻感动得有些不知所措。从此,即使女儿再有尿床的情况发生,也不再诅咒她并对她施加暴力了。女儿就这样逃避了羞辱。

要做好人

　　从前有个老农，老农的水田边有不知是谁的一座祖坟。春耕时节，老农驾牛犁田，邻近这座祖坟，除对牛大声呵斥"留一犁"外，总特别注意犁田的位置离这座祖坟尽量远些……老农行善积德一辈子，后来，他的孙子做了皇帝，哦，是朱元璋呢，真命天子！说到这里，祖父怕我们听不懂，又道：老天有眼，好人会有好报的！

　　祖父的故事真假不论，但祖父的教诲却深深影响了父亲。为此，父亲常帮孤寡老人挑水、打米、耕种、盖房；借了别人的物什总要还好的，多还一些；见有行乞者，除给米给钱外还请吃饭，尽管家里很穷……一句话，多体谅人家的难处，多让自己吃亏。父亲终其一生乐善好施、含辛茹苦，其结果，我们兄妹5人，除哥哥姐姐被"十年动乱"耽误外，我和两个弟弟都一帆风顺地考上了大学。这在我们全村绝无仅有，村里人一羡慕，都说父亲泽被后人、好人好报。想想，似乎也不无道理。

　　但走上社会，经历人情冷暖、世态炎凉之事多了，发现有很多作恶者不仅未有恶报，反倒有终生荣华富贵，便觉祖父的"理论"不真，至少是以偏概全。曾听偷盗抢劫者说他们为生活所迫，身不由己；曾听贪污腐败者说他们有资格贪赃枉法；曾听嫖赌逍遥卖淫者说他们是潇洒走一回，人生能有几回乐……作恶者也有"堂而皇之"的道理。

于是想到,这世上,人们无论做什么都是有理,作恶也好,行善也罢。而生活的辩证法告诉我们:无论什么都有理,亦即无论什么都没有理了。

所以,我们要做好人,仅仅因为我们的血管里还流动着热血,我们的心地还纯真善良,其他理由绝无。衷心祝愿:好人一生平安!

朋友,我会再来

花前月下与恋人喁喁私语,大街小巷与朋友海阔天空,围着炉火与亲人促膝交谈……人生,谈心乃极为寻常之事。

而我却不能忘记与好友邵宝健的一次长谈。那次,他患了Ⅲ型肺结核,我去医院看他。推开房门,我大步流星地直奔他的床头。只见他形容枯槁、面颊潮红,不时地咳血吐痰,精神极度沮丧。发现是我,他立即拿起床头的一块牌子,努力向上扬起。牌子上是几个醒目的大字:结核病易传染,请保持距离,缄默不语。我没想到他会把朋友的健康看得这么金贵,越发感到他的可亲。硬是挨着他坐在床沿上,把一大袋水果轻轻放在他的床头。我安慰他,现代医学发展了,结核病并非难治之症,只要遵循合理的治疗原则,痊愈是指日可待的。然后,我天南地北地谈国际国内重大新闻,议亲朋好友趣事,讲单位经济效益和远景规划等。接下去,我们又一同回忆童年时穿开裆裤捉蚱蜢、少年时集体逃学、青年时读书乐趣开心时刻,他的脸色逐渐由阴转晴,变得开朗多了。

他终于告诉我：我是第一个挨他而坐并与他畅所欲言的人。这之前，以往的亲朋好友很少光顾他这传染科病房，即使偶尔有三两个人来探望他，也是来也匆匆，去也匆匆，或远远地站一会儿，或尽量闭口不说话。他虽然能理解大伙儿的心情，但最终还是自卑、自怜得很，孤独、寂寞、痛楚而且心灰意冷。

他不安地笑了笑，示意我尽快离去。我不忍，抓住他的手放于我的掌心，又这样那样吩咐、宽慰了一番，才起身告辞。走到门口，我猛然回头，四目对视，他的眼里竟噙满了晶莹的泪珠。

我不由得想，人非钢浇铁铸，哪有不患病的？而人在患病时，心灵比身体的任何一个部位更脆弱，你若给予关心、体贴和爱护，也就如给奄奄一息的花木以阳光、雨露和营养，促其恢复茁壮、挺拔生长……

走出医院，雨淅淅沥沥地下了起来。我的内心比灌满了铅还要沉重。我真想转回病房与他相伴。朋友，我会再来！

陪女儿逛公园

如今每逢逛公园，女儿说啥也不肯踩踏如茵的芳草，说啥也不愿攀摘嫣红的花蕊，似乎懂得怜香惜玉的含义。

女儿的欢乐仿佛就是只精灵的彩蝶，翩翩飞来，又翩翩飞去。

飞到叮咚的清流旁，女儿的形象明丽如水；飞到悦耳的鸟鸣中，女儿的

举止动人如歌。

　　一路飞着，遇上白发苍苍者，女儿就叫"爷爷奶奶"，彬彬有礼；遇上青春勃发者，女儿便叫"叔叔阿姨"，甜甜蜜蜜。女儿温和得像春光，热情得像盛夏，机灵得像山泉。

　　一路飞跑，遇到虎、豹、豺、狼，女儿挑衅不断；遇到猫、兔、鹿、龟，女儿心慈手软——当然，所有这些凶残的和温顺的观赏品们都在动物园里的铁笼子里牢牢锁住。

　　女儿才三岁，三岁的女儿就爱仰望湛蓝湛蓝的晴空，仿佛总憧憬着什么；三岁的女儿就爱俯视碧波荡漾的湖水，仿佛总被什么深深感染。睫毛忽闪忽闪，眸子晶亮灵动，表情如醉如痴。

　　初恋时分，我们也爱公园，宛如爱一首精美的抒情小诗和一幅诱人的风景画；可结婚之后，我们厌倦公园了，宛如厌倦一篇累赘的长文。但我们仍常逛公园，仍然兴味盎然。为什么？因为女儿爱逛公园，女儿已成为公园中我们走不完逛不尽的"十里画廊"。

爸，给我一把钥匙

　　带女儿回家，钥匙刚插入门锁，女儿就求我："爸，让我开门。"我不信女儿能开，抱起她，让她的小手能够到钥匙，想看她怎样动作。哪知女儿稍一折腾，门开了。女儿歪着头，得意地笑了："爸，给我一把钥匙。""你还小，都是与爸妈一道回家,要它干吗?""不嘛、不嘛。"她撅着嘴。那时女儿5岁,我没给她钥匙。吵闹一阵后,她依了。

6岁时,女儿读书了。一天放学后,我接她回家。来到家门口,女儿忽然对我说:"爸,让我开门!"我不假思索地递给他钥匙,她接过,不用我抱就能伸手把它插入锁孔,十分麻利地开了门。开完门,女儿得意地说:"爸,这钥匙归我,我已经长大读书了,还不能给我吗?""是该给你,但是你想想,"我提醒女儿,"你玩心很大,万一弄丢了,让小偷拾到,开门进我们家咋办?再者,你开门时,万一有坏人跟进来,又咋办?"女儿一听有道理,叹口气:"等我再大一点,比如7岁时,总能给我钥匙吧?"看女儿可怜巴巴的样子,我心一软:"行!"女儿伸手跟我拉了钩。

一晃女儿7岁了。这天,女儿理直气壮地找我要钥匙,还说:"以后放学,我自己回家,不要你接了,行吗?"我稍一犹豫,女儿呜呜地哭了。"你骗人,说7岁给我钥匙的,我们还拉过钩……"我说我是担心,万一钥匙弄丢了咋办?万一你开门时有坏人跟进来咋办?女儿揩揩眼泪:"我保证不丢钥匙。我的读书成绩不是很好嘛,说明我的记忆力不错。"又说:"每次开门,我都看看周围,没人再开,还不行吗?"我语塞了。女儿接着说:"有一次放学较早,提前回家,来到家门口,我忽然想撒尿了,但却进不了门,上不了厕所……"我说:"行了,行了,给你一把!"女儿这才破涕为笑:"就是嘛,我已经长大成人,难道不该给我这点权利?"

此后,我视女儿为大人,放学让她自己回家了。她一回家就蹦蹦跳跳的,仿佛取得了一场重大战役的胜利。但有一天,我和女儿几乎同时回家。来到家门口,女儿自豪地说:"爸,让我开门!"我于是停在门前,欲轻松一下手脚。哪料女儿摸摸书包、捏捏口袋,目光很快晴转多云转阴,说:"爸,我的钥匙丢了!"我脸色大变:"怎么样?不给你钥匙,你偏要。这下好了,看小偷拾到后,把家里偷个精光!"我沮丧地掏出钥匙,刚插入锁孔,女儿竟哈哈大笑起来。不知何时,她已把钥匙高高举过头顶:"放心吧,爸,好不容易争来的东西,我会好好地珍惜,不会弄丢的!"这个小精灵,我服了。

Zhang Xiong Ru Fu

长兄如父

长兄如父

父亲憨厚本分，除了老老实实种田，一年挣不来几文钱。母亲虽然精明些，但要支撑我和两个弟弟读书，无疑也是件沉重的苦差。

我现在才知道：哥所以30开外仍未结婚，绝非找不到对象。曾有好几位美丽善良的姑娘钟情于他，都被他婉言谢绝。他心肠软，不想连累她们。

哥经常挤时间外出挣钱。风里来，雨里去，除非大病不起。有一回，母亲发现哥脸色苍白，疲惫不堪，便劝哥好好在家休息几天，哪知他还是抽猛子跑了出去。黄昏时分，不见哥的踪影，母亲急得在屋里团团转。正准备去寻，几个青年农民用竹床将哥抬来了。原来，哥在西堤挑砖烧窑卖苦力时，摇摇晃晃从10多米高的窑上跌落下来……幸亏未伤到要害。不多久，哥的伤势基本痊愈，又要外出挣钱，母亲死活不肯，哥才留在家中，一边帮父亲干农活，一边帮母亲做家务。哥敦厚善良，从不抱怨家里四兄弟就他一人当"后勤"、做人梯。我们兄弟三无忧无虑地读书，哥给了我们多少资助，说不清；作出了多少牺牲，无法统计。直到我们全考上大学，尔后又分配在城里工作，哥仍在乡下默默务农。但他从不嫉妒，还挺欣慰的。

我们都觉得欠哥太多，于是想加倍偿还他。可无论是物质上的或经济上的，他都一概拒收。"长兄如父！"他总说。我们解释那是在父母离开人世后，他连连摇头："父亲没有能耐，我当大哥的应该尽这义务。"

我们曾有过这样的体验:借了人家的钱物,可以如数甚至加倍偿还。可是面对哥的情义,我们又能做什么呢? 人世间,什么都可以偿还,唯独感情债不能。我只想说:哥,愿您一生平安。

爷爷的童心

爷爷今年 85 岁了,还能游泳、长跑、登山,做各种各样的手工活,写真挚动人的抒情诗。爷爷朝气蓬勃,就像早晨八九点钟的太阳。

爷爷的记忆力很好。没事时,他喜欢独坐树下,静静回想童年时代捉迷藏、扑蝴蝶、抓蟋蟀、放风筝的趣事,或者回忆随父外出踏青,在外婆家撒娇讨吃的往事。爷爷常常说:"昨天我还是个活泼的小孩,现在也不算很老嘛!"

保持年轻的心态是爷爷养身的一大秘诀。他常主动充当托儿所的保姆,经常和孩子们逗笑、说俏皮话、做鬼脸、堆积木、踢皮球、打乒乓球,与孩子们一同共享天伦之乐。和年轻人一起聊天,爷爷更是海阔天空、说古论今、评述中外。青年人的朝气对爷爷很富有感染力,爷爷也因之感到全身有弹性,头上冒三尺光焰。

方便时,爷爷会上门去拜访离自己不远的同学、朋友、与他们聊天、谈一些当年在小学、中学的学习和生活。虽然早已白发苍苍,但爷爷说,在老师面前,自己永远是小学生。

有时精力旺盛，爷爷还会回到童年时代居住的旧居。故地重游、触景生情，童心再度萌发。这时候，爷爷就会进入一个泉水般清纯的境界，流连忘返。

虽然如此，爷爷还是知道自己老了。因此，每每夜阑人静，爷爷喜欢坐在灯下冥思苦想，追忆那逝去岁月中的精华。眼下，他正在抓紧时间写一部长篇小说《旅途》，作为留给后人的精神遗产。我祝愿爷爷像老作家许行、汪曾祺那样愈老愈丰。

爷爷，你还是个英俊的少年呢！

长大的滑稽

办好入学手续，6 岁的轩轩就要跨进校门读书了。整整一天，她都蹦蹦跳跳的，像只快乐的小精灵。我们也为轩轩即将发蒙读书而高兴。

晚饭做好了，一家三口围坐在餐桌旁，轩轩却迟迟不肯端碗，眼望桌面上的美味佳肴直发愣。"轩轩，快吃饭吧，这样拖拉，读不好书的。"我劝她。轩轩仿佛没听见，又重复了一遍，她才如梦初醒，娇滴滴地恳求我说："爸，喂我吃饭！"我大吃一惊："明天就要读书了，还要喂饭，羞不？"轩轩两眼一眨，撅着嘴说："因为明天就要读书，就要长大了，所以你要喂我吃饭，最后一次，不行吗？""你——"我有些语塞了。"就喂轩轩吃顿饭，让她撒次娇吧，最后一次了！"妻也被轩轩感动得不行，在一旁为她求情道。我只好少数

服从多数,端起饭碗,喂轩轩吃饭。吃罢,我提醒轩轩说:"明天你就长大了,记得不?"轩轩点头。我又提醒她:"长大了就要像个大人,不要再耍小孩子脾气。"轩轩"嗯"了一声,不好意思地笑笑。

果不其然,第二天放学回家,吃晚饭时,轩轩自己动手了,有板有眼活像个大人。我暗暗庆幸她真的就这样告别了孩提时代。不料吃完饭,正到放动画片的当儿,轩轩又条件反射似的直奔客厅,风风火火地拧开电视机,津津有味地看她的动画片了。儿童的天性又现,我和妻相视一笑,不约而同地摇摇头。

我们感叹轩轩长大了又没长大,没长大又长大了,真的!

看来,小孩是要在父母不断的提示中潜移默化,才得以长大成人啊!

助人简单也快乐

女儿告诉我:那天考数学,同桌的陈佳佳求其教她做几道应用题,女儿二话没说,将算式和答案悄悄塞给了她。结果,女儿得了满分,陈佳佳却不及格。陈佳佳不服,气冲冲去问老师:她的答案和我女儿相同,干嘛考分不大一样?老师一愣,立即找出我女儿的考卷让陈佳佳对照。陈佳佳看罢,先是目瞪口呆,继而流下了眼泪。"爸,你猜为什么?"女儿狡黠地问。"你给陈佳佳的算式和答案都是错的?"我盯着女儿反问。"那当然,让她不动脑沾我的光,也跟着打满分,岂不太轻松和便宜了吗?"女儿有些自鸣得意。

我严厉地批评女儿说:"这叫欺骗,是一种坏毛病、一种恶作剧!"女儿察言观色,赶紧应和道:"爸,我错了,下次一定改!"

果不食言。第二次考数学,当窥得陈佳佳又有几道应用题不会解答时,不等她开口,我女儿就大大方方地将自己已做好的考卷悄悄递给了她。结果,这次考试,陈佳佳也得了满分。老师不信,把陈佳佳叫去一盘问,慌张之余,陈佳佳老老实实地交代了考试的真相。最后,老师毫不留情,给陈佳佳打了"0"分。陈佳佳伤心得哭了。老师还黑着脸狠狠地批评了我女儿,说女儿替陈佳佳作弊,严重违反了考场纪律。女儿不服,一回家就问:"爸,做好人也错了吗?我不是好心不得好报吗?"我笑了,接着启发女儿说:"你这是帮助陈佳佳弄虚作假、滋长惰性。试想,每次考试都可抄你的考卷得高分,陈佳佳还会发奋用功、勤奋读书、学到真本领、考出真水平吗?"女儿恍然大悟,说:"爸,我知道该怎样做了!""那好!"我有意不追问女儿。

第三次考数学,当陈佳佳再度被几道应用题难住,情急之下不得不向我女儿求教时,女儿仿佛铁面包公,说啥也不肯了。结果,陈佳佳仍是不及格,眼泪像断了线的珠子,一颗一颗地往下掉。"爸,我逼她独立作答,考出自己的真水平,这下该对了吧?"吃晚饭时,女儿下意识地问。我放下筷子,说:"也对也不对。对是因为你既未欺骗陈佳佳,又未叫陈佳佳弄虚作假,把陈佳佳往歪路上引;不对是因为你对陈佳佳的进步漠不关心,没有及时帮她找出差距、钻研书本、尽快提高学习成绩。要知道,互帮互助是中华民族的传统美德!"女儿不解:"那你干嘛不早告诉我呢?"我说:"让你自己多试探多总结,你明白的道理就会更深刻更正确呀!"女儿眨巴着眼睛,似乎明白了我的用心。

此后,女儿经常挤时间主动教陈佳佳学数学、解疑难。陈佳佳也好学不倦、不懂就问。在女儿热心的帮助和启发下,经过自己的刻苦努力,陈佳佳进步很快,终于在一次考试中,独立作答,得了满分。陈佳佳开心地笑了,我女儿也乐不可支。两个7岁同龄的小女孩从此成了好同桌、好朋友,放学后总是唱着歌儿、蹦蹦跳跳地结伴回家。

"原来,帮助别人很简单也很容易,即使别人高兴又使自己快乐,真好!"看到陈佳佳的脸上经常开着美丽的花朵,女儿感叹道。我也激动无比,暗暗庆幸女儿终于明白了这个既浅显平实又深邃凝重的道理。

三十年后的相聚

接到聚会的通知,同学们喜出望外。高中毕业三十年了,三十年里天各一方。人生又有几个三十年呢?

是在小县城的一家三星级宾馆聚会。

如今,教他们高中的老师大多已随儿女在外地定居,而且年迈体衰,行动诸多不便。所以,能来聚会的只有当时的校长兼班主任任洪渊和英语老师叶维廉,但他们的莅临却让同学们备感温暖。叶老师几乎谢顶了,任校长也满头雪白的芦苇花。

日月如梭,毕竟三十年过去了,如果不被提醒,见面后,许多同学已想不起对方的名字,有的甚至认不出对方了。一番寒暄,忽然忆起高中时的生活,眼里便泪光闪闪,于是紧紧地握手,亲切地拥抱。

三十年后,有的同学已成为一个部门或一个地区的行政领导,有的同学当了教授和科学家,有的同学头上多了全国著名作家、诗人的光环,有的同学升了大中型企业的负责人……

久别重逢,同学们心潮激荡。见面会上,每人都用5至8分钟的时间,向大家介绍自己的人生履历。当然，也有关不住话匣子的，大家也乐意倾听。

"一直难以忘怀，我曾气势汹汹地训过不少同学。有天清晨，大雨滂沱。我悄悄闪进教室，一把夺过坐在最前面的陈东东同学手里的数学书，狠狠地向教室外的雨水中扔去。因为那是规定的英语自习课。"听罢同学们的发言，叶老师十分激动，"如今想来，我当时的行为举止既自私又鲁莽，我对不起大家！"

"我要纠正叶老师的话，"这时，陈东东像个少女怀春似的羞涩，"说句心里话，叶老师英明！因为……我那时任性、偏科，如果不加严管，跛腿下去，高考肯定失利。让叶老师费心劳神了，是我对不起叶老师！"

"是啊，我们对不起叶老师！"同学们异口同声。

叶老师却腼腆起来："这，这，这……亲爱的同学们，这让我如何是好？"

"同学们这样有出息，我一生还有何求？满足了，幸福了！但是，"任校长很内疚似的，"我那时只专注于同学们的学习成绩，你们是吃着辣萝卜和盐白菜考上大学的！当时，学校的条件确实艰苦，可我就不能偏点心，用点特权，尽力让同学们吃好一点，油水多一点吗？回想起来，实在对不起同学们！"任校长情不自禁地站起来，"我给同学们鞠个躬吧！"

"使不得，千万使不得！"王冷阳赶紧摆动双手，"艰难困苦，玉汝于成。说实话，我们还真得感谢那时艰苦生活的磨炼！"

"是啊，校长千万别苛责自己！"同学们都说，"校长不是常讲，'吃得苦中苦，方为人上人'吗？"

"你看你看，这么一说，我还做得好啦？"任校长仍然不自在。

"当然，是我们对不起校长啊！"莫少寒鼓起勇气说，"校长，您家当时的房子就建在校园一旁的水沟边，您夫人养过不少鸡，记得不？"

"记得。"任校长不以为然。

"可是，您家的鸡隔三岔五地减少了，难道您没发现？"

"怎么没发现？我家旁边还有稻田，稻田里有黄鼠狼，我家的鸡是被黄鼠狼咬死、偷吃的。"

莫少寒尴尬地笑笑："您或者您的家人,亲眼看到过黄鼠狼咬死、偷吃您家的鸡吗?"

"这倒没有。"任校长漫不经心,"可是,如果不是黄鼠狼,还有谁会……?"

莫少寒惭愧地低下头:"我们……我、李小洛、吕德安、西川几个。肚子里没油时,总是合谋偷走您家的鸡,结伴去餐馆改善伙食!"

"是啊!"李小洛、吕德安、西川他们脸上都火烧火燎的,"我们那时少不更事,真对不起校长!"

说罢,他们齐刷刷地站起,向任校长深深地鞠了一躬。

"你们这些调皮蛋!"任校长一愣,旋即笑得像灿烂的菊花,"还真有种!这就好,这就好!我不自觉地帮了你们!"

"是啊!对不起任校长,感谢任校长!"

见面会后,在任校长和叶老师的带领下,大家重游高中母校。

仿佛受到传染,一路上,三十年前曾闹过别扭的同学,都不失时机地凑在一块,真诚地说一声:对不起!

长嫂

"长兄为父",可否说:长嫂为母呢?

是读高三那阵,有个星期天下午,我匆匆回家准备钱粮。不巧父母外出。

夕阳西下，我得尽快返校。想到两手空空，我急得在自家门前转悠。恰逢哥嫂干完农活打门前经过。见我回来，哥惊喜异常："先荣，爸妈到舅舅家去了，走，到我家去吃饭。"我眉头一皱：是否告知他们我此行的真正目的呢？很快想到哥嫂条件也不好，我哽住了。嫂子一眼窥出我有心事，忙提醒哥道："先荣是回家准备钱粮的吧？你快点找人借点给他，免得影响读书，时间不早了，你呀！"她用食指轻点哥的鼻尖。哥这才一拍脑袋："我怎么没想到呢？"立即去为我准备钱粮。吃过晚饭，送我返校时，嫂子说："没时间你尽管写信来，叫哥为你送钱送物到学校。十年寒窗苦读，我们也有责任当你人梯呀！"说得我心里温暖极了。

高考完，回家参加"双抢"。割稻，一不留神有根手指头被刀子划开一条口，鲜血淋漓。我咬紧牙关不吭声，轻轻放下割谷刀，从衣服上扯下一块布准备包扎。父母和哥压根儿未注意我，还在忘我地劳作。嫂子却拔腿直往田埂上跑，一边高喊："忍着点，先荣，我去弄点云南白药来！"他们三人这才猛地掉转头，惊讶地发现我已受伤，不约而同地向我奔来。未过多久，我的伤口止住了血。"你回家休息吧，干农活你不行，这里有我们四人，够了！"嫂子关切地对我说。

大上学后，嫂子常给我写信，叫我不要牵挂家里，还每日挤出血汗钱资助我。春节回家，见我没有瘦，嫂子欣然一笑："这就好！"……

人也真怪：记得初过门后有段时间，嫂子不笑，说话也不温和，很"冷峻"的，整日心事重重，还跟哥为不知什么事红脸，似乎有些"泼辣"劲，跟我们也保持着某种戒备和距离，加之相貌平平，我对她不甚好感。谁知时过境迁，接触深了，嫂子的形象竟也友善如春、鲜活如草莓一般呢！

站在城市的高楼上，每每推开窗户，遥远的故乡似乎跃然而至，带着田野的纯真和清新，而嫂子，无论怎么说都是其中最美丽、最生动的风景。

贴着大地 行走

过生日

　　放学回家,书包朝床头一扔,转身端碗吃饭,吃着吃着,碗底突然冒出两个荷包蛋,我一惊。妈马上笑盈盈地说:"孩子,你过生日了!"我这才如梦方醒,心里甜滋滋的。从儿时到小学到初中到高中,每次过生日,我都能深深感受到真挚的母爱和家庭的温馨。后来考上大学,离家远,母亲照料不到,再加上自己终日泡在书里,没闲心想杂七杂八的事儿,生日也就淡忘了。再后来参加工作,真正过起枯燥乏味的单身生活,时常为工作不顺心、生活待遇差、事业无起色、社会关系复杂等苦恼嗟叹,便更无闲情逸致,根本记不得还有生日这回事了。

　　临近"而立",匆匆忙忙结了婚,原想婚姻生活是充满阳光和诗情画意的,殊不知反倒增加了负重远行的疲劳感,两口子经常为一些鸡毛蒜皮的小事磨嘴皮,没完没了,心里又升腾起一种"金色笼子"似的牢狱感。

　　是婚后的一天,上午我还在与妻大动肝火,下午上班时,妻却温情脉脉地对我说:"下班早回啊!"我不情愿地点点头。下班匆匆回家,立时惊得呆了:妻的姐夫、姐姐、外甥和弟弟不知什么时候都来了。妻掌锅铲,忙得大汗淋漓、乐不可支。客厅里满桌的菜井然有序,色、香、味俱全。大家满面春风地胡侃海聊,好一派节日喧闹的景象。正欲开口问妻,不想妻却神秘兮兮地封了我的口:别急,到时候会知道的!吃饭时,妻不断地为我夹菜,倒使我徒增羞怯不安。吃罢晚饭，当妻神不知鬼不觉满脸红光地把一大盒色彩鲜艳的生日蛋糕搬到桌上，上书"戴希，生日快乐"几个娟秀的字，又插上27只蜡烛，点燃，拿出刀子叫我分蛋糕，然后一支一支地吹灭所有的蜡烛，我才猛然忆起：三月初九，是自己生日！立刻，我的全身便有一股暖流环绕不断，我差点热泪盈眶：从20岁离开老家，转眼7年过去，冷清清的7年，现在居然又热热闹闹过起生日……吃完蛋糕，妻领头唱起《祝你生日快乐》那支歌，嗓音如涓涓的溪流，不到4岁的小外甥也唱得满是那么回事儿。让人品味曲子好香好甜好陶醉。

婚后第一次过生日，事情不大，我却深深感受到了妻子的一片爱心。不论生活中有多少冲突、多少坎坷和不幸，我都不再误解妻子，我将永远记着妻子的生日，在心里、在灵魂的深处。

贴着大地行走

哲学家维特根斯坦说："我贴在地面行走，不在云端跳舞。"这是很有道理的：在云端跳舞，虽然美丽浪漫，但时刻都有坠落的危险，而且云端越高，坠落越是致命。贴在地面行走，不管速度如何，都总在前进，即使不慎跌倒，伤的仍是皮肉，爬起来，还可继续行走，直到目的地。

我出生于农村，儿时特别顽皮。每每上气不接下气地回家，身上总是泥乎乎的，极像个泥人。目睹此情此景，父亲却乐呵呵的：这才像农民的儿子，

这才像修理地球的！人呵，来之于泥土，归之于泥土，就该这样！母亲也从不打骂和呵斥我。总是默不作声地为我洗净满身是泥的衣服。我那时还没有听过希腊神话中大英雄安泰的故事，脑海中也没有"贴着大地行走"的概念，只是天性使然，爱泥土，亲近大地。而我的父母，虽为农人，是不是已懂得"贴着大地行走"的道理呢？

回想读高中时，班主任老师常说：不想当元帅的士兵绝不是好士兵。于是，我立志考重点大学，考清华、复旦。理想是树立了，但我忽略了基础知识的巩固和基本技能的训练。在书店买了套奥林匹克竞赛试题集的书回来，一有时间就啃难题。心想，这等难题若能解好，还愁高考考不好吗？啃了很长一段时间，却啃得很辛苦，啃得一知半解。物理老师发现后，批评我好高骛远，教我收起"奥林匹克"，认真学习基础知识，强化基本技能的训练，务必做到融会贯通、举一反三。对此，我却不以为然，让老师的话从一只耳朵进另一只耳朵出，依然我行我素。结果，那年高考，我名落孙山，心里的泪流成了河！

沉痛的教训提醒我，立志后切不可耽于幻想、好高骛远、急于求成，必须脚踏实地，一步一个脚印地前行。第二年，我重振旗鼓，毅然走进母校。努力掌握书本和基础知识，强化对基础知识的综合运用，在此基础上不断提高答题技巧和释疑解惑的能力，学习终于有了长足的进展。再参加高考，我如愿以偿！

学生时代，我就有过当作家的梦想，只是因为高考时间紧迫，不得不暂时将其搁置。参加工作后，我又一次做起美好的作家梦。我汲取希腊神话中大英雄安泰的教训，一刻也不离开大地，始终坚持贴着大地行走。

1992年以来的二十多年里，我几乎每天都要挤时间读2至3个小时的书，主要潜心攻读小说、散文、诗歌、杂文等各类文学名著。即使出差，在火车上、宾馆里也从不懈怠。至今，我读的书已成千上万。当然，要当作家，光看别人的作品是远远不够的，自己还要贴近现实、贴近读者、贴近时代，潜心创作、不断出新。这么多年，我几乎没有过过节假日。白天上班再忙，夜晚也要在灯下苦思冥想，"爬格子"如入无人之境。二十多年来，我创作了近千篇（首）文学作品，我把它们视为自己的孩子悉心抚养、精心培育，从来不敢马虎。每篇文章写出后，都要三番五次地修改、完善。觉得自己实在无力弄得更好了，才投给各地报刊。这也是贴着地面行走的路数。

一分耕耘，一分收获。正因如此，我成功了！不仅在全国100多家报刊上公开发表了近700篇（首）文学作品，不仅公开出版了6部文学作品集和1部电子书，而且有大量文学作品被《小说选刊》、《散文选刊》、《杂文选刊》等全国权威文学选刊和《新中国六十年文学大系》、《中外经典微型小说大系》等全国权威文学选本选入，更有不少文学作品在全国获奖。出乎意料地，我成了全国的小小说名家和知名作家。

今年6月24日，参加第四届中国郑州金麻雀小小说节，郑州用最高、最隆重的礼仪接待了我们这一批小小说作家。虔诚地走上嵩山宾馆大厅内那条长长的红地毯，我忍住了几乎要夺眶而出的热泪，我仍在贴着大地行走呵！

回到湖南常德，回到家中，我心潮难平，提笔写下小诗《人鱼鸟》：

当路为大海隔断
人羡慕水中的鱼
当路为高山阻拦
人羡慕空中的鸟
然而鱼却说
它更愿登陆呼吸
然而鸟却说
它只想脚踏实地

所以，我不会选择天空，不会选择海洋，我还要选择大地，贴着大地行走。

第五辑

Mei Ge Ren Dou Xing Fu

每个人都幸福

每个人都幸福

苏浅老师教的是一群有先天性残疾的孩子。他们都喜欢苏老师，乐意找苏老师交心。

"苏老师，我真的不幸福！"一天，孙方杰突然对苏老师说。孙方杰是个双目失明的男孩。苏老师一惊："你为什么这样想？""因为我看不见花草鸟虫，看不见蓝天白云，看不见真诚友好的笑脸，我——什么都看不见啊！"孙方杰的脸在抽搐。"哦，我晓得了！"苏老师拍拍孙方杰的背。

又一天，许敏冷不丁地对苏老师说："苏老师，我太不幸福了！"许敏是个双耳失聪的女孩。苏老师一愣，很快在纸上写道："你为什么不幸福？""因为我听不到风声雨声，听不到歌声琴声，听不到亲切悦耳的赞美，我——什么都听不到啊！"看过苏老师的问话，许敏回答。一串热泪无声无息，滴落在纸上。"哦，我清楚了！"苏老师拉拉许敏的手。

"苏老师，我感觉不幸福！"没过几天，余笑忠又对苏老师说。余笑忠是个双腿残疾、坐在轮椅上的男孩。苏老师温和地看着余笑忠："告诉我这是为什么？""因为我不能翻越高山，不能横穿沙漠，不能自由行走，我——哪儿都去不了啊！"余笑忠声音颤抖。"哦，我明白了！"苏老师摸摸余笑忠的头。

几日后，李南打着手势告诉苏老师："苏老师，我很不幸福呢！"李南是

贴着大地行走

个哑巴女孩。苏老师爱怜地望着李南,也打着手势反问:"你为什么感觉这样?"李南又痛苦地打着手势:"因为我不能说话,不能唱歌,不能讲故事,我——不能用口表达心声啊!""哦,我知道了!"苏老师亲亲李南的脸。

…………

越来越多的孩子向苏老师诉说自己不幸福,让苏老师心里越来越不安、越来越沉重。"不能让孩子们悲观、沮丧,不能呵!"苏老师急了。"可怎样才能让这些如花的孩子乐观、振作起来,让他们笑对人生、积极进取呢?"苏老师茶饭不思地冥想。

苦思多日,苏老师的脸才由阴转晴。她迫不及待地把孩子们招拢来,让他们坐在讲台下。

苏老师首先问孙方杰并在黑板上写道:"孙方杰,你要怎样才幸福?""能睁眼看世界呀!"孙方杰脱口而出。"就这一点?""对,就这一点!""嗯,好!"苏老师点点头,还把他们的对话写在黑板上。

接着,苏老师问许敏并在黑板上写道:"许敏,你要怎样才幸福?"许敏不假思索:"能耳听八方就幸福了!""就这一点?""对,就这一点!""嗯,好!"苏老师又点头,也把他们的对话写在黑板上。

然后,苏老师问余笑忠并在黑板上写道:"余笑忠,你要怎样才幸福?"余笑忠立马回答:"能自由行走就幸福了!""就这一点?""对,就这一点!""嗯,好!"苏老师点点头,又把他们的对话写在黑板上。

再后,苏老师打着手势问李南并在黑板上写道:"李南,你要怎样才幸福?"李南激动地打着手势回答:"能开口说话就幸福了!""就这一点?"苏老师打着手势追问。"对,就这一点!"李南又打着手势回答。"嗯,好!"苏老师还是点头,同样在黑板上写下他们的对话。

…………

孩子们聚精会神地听呀、看呀,兴致勃勃地和苏老师进行沟通。他们猜不到,苏老师的酒葫芦里到底装的什么药。苏老师呢,也一直满面春风、不厌其烦地询问着、试探着。

"孩子们，"当最后一个孩子大胆地吐露了自己的幸福观，苏老师亮开嗓子、噙着泪花说，"知道吗？你们每个人只有一点不幸福，却有许多意想不到而又弥足珍贵的幸福。比如李南吧，不能开口说话是她的不幸，但她能看、能听、能走……这些，都是其他孩子苦苦追求的幸福呀！换句话说，你们每个人的幸福都比不幸多得多！是不是——"苏老师下意识地停了停，充满深情地感叹道，"每个人都幸福？！"她把这句启示用红粉笔端正醒目地写在黑板的正中央。

　　仿佛有把神奇的钥匙，打开了孩子们阴郁的心扉。他们豁然开朗的面颊上，慢慢地爬出蚯蚓一样生动的泪。

其实很简单

　　这个故事你可以信，也可以不信，但它完全真实——

　　光天化日下，一个歹徒正在抢劫，旁若无人；被抢的女人拼命抱紧自己的坤包，死活不放。

　　"抓强盗、抓强盗呵！"女人几乎在歇斯底里地叫喊。

　　大街上人来人往。有的视而不见，有的驻足远观，有的且看且退。谁也不敢制止歹徒行劫。不仅不敢制止，连呵斥一声的举动也没有；不仅不敢呵斥，就是悄悄用手机报个警也无人肯试。

　　沉默。好一阵可怕的沉默。

沉默过后，有个戴着眼镜、文弱书生似的小伙忽然一声怒吼，像狼一般冲向歹徒。

歹徒大惊，立即掏出一把尖刀，穷凶极恶地瞪着小伙："狗咬耗子是吧？再不识趣老子捅了你！"

小伙愣怔一下，仍然像狼一般猛扑上去。

很快，小伙摇摇晃晃，蹲了下去。但片刻，又咬紧牙关站起来。虽然被锋利的尖刀刺中下腹，但小伙强忍剧痛，没有倒下。他一手紧紧抓住刀柄，不让尖刀深入；一手像钳子，死死钳住歹徒的手腕不放。

女人趁机挣脱，嗷嗷大叫，挥拳砸向歹徒。

歹徒的脸红一阵白一阵，一时不知所措。

众人被小伙的英雄壮举深深感染，群情激奋，一窝蜂地射向歹徒，七手八脚，将歹徒摁倒在地。

有人赶紧掏出手机报警。

警车风驰电掣般地赶到。

警察怒不可遏，给歹徒戴上了冰冷的手铐。

人们小心扶住小伙，请求用警车送小伙去医院。

"儿子，我的儿子！"听到小伙吃力的呻吟，人们才发现小伙的身旁还站着个小男孩。小男孩五六岁的样子，被刚才惊心动魄的一幕吓呆了。

警车一路鸣笛，将小伙送到医院。

幸亏没有刺中要害。几天后，小伙的伤情得到缓解。

有关部门要给小伙评见义勇为的大英雄，小伙所在的单位竟炸开了锅。

"他可是我们单位最胆小怕事的人呵！"

"平常谨小慎微得不敢踩死一只蚂蚁！"

"说歹徒不费吹灰之力抢劫了他我们还信！他会赤手空拳与扬着凶器的歹徒搏斗，太邪！"

…………

这样的议论传出，记者深感蹊跷。

"当时，那么多人鱼不动、水不跳的，你一个弱不禁风之人，哪来的胆量挺身而出？特别令人震惊的是，面对歹徒凶狠的尖刀，你为什么还敢奋勇向前？"记者找到病榻上的小伙，下意识地探问。

小伙犹豫道："你是想听真话，还是……？"

"当然想听真话！"

"那好，只是我的话你千万不要对外报道。"小伙的脸上飞过一朵红云。

记者认真地点头。

"当时，我的儿子憋不住拽了一下我的手，'爸，抓歹徒、抓歹徒呀！'我的儿子才6岁，还是稚气未脱的小毛孩，我堂堂一个大男人，总不能在他面前装孬种，让他都瞧不起吧？"

记者一愣："就这一点？"

"对，就这一点！"

最好最珍贵的东西

阿斐的未婚夫牧野摇身一变，成了范小雅的痴情郎。而且很快，就要和范小雅走进婚姻的殿堂。

阿斐和范小雅是高中时代的同窗蜜友，大学毕业后又在同一座城市工作。起初，范小雅并不知道牧野何许人也。是阿斐和牧野热恋那阵，阿斐带牧野去范小雅那儿炫耀过几次，让范小雅有机会认识牧野的。牧野英俊帅

气、能说会道,阿斐很满足、很自豪。

现在:阿斐心里隐隐生痛、气恨交加;外表却装得满不在乎,俨然随手扔掉了一袋臭垃圾。

艳阳高照、秋风送爽的日子,阿斐满嘴甜言、笑容可掬地参加完范小雅和牧野的婚礼,还特意送给他们一个精致漂亮的礼品盒。

真是太出乎意料! 面对阿斐,本来有些忐忑不安的范小雅和牧野,心田上立即有股和煦的春风拂过。

送走六亲四朋,已是夜阑人静。俩人虽累得全身散架,精神却格外焕发。回到洞房,兴奋不已、迫不及待地打开礼品盒,范小雅大吃一惊、目瞪口呆:原来,礼品盒里装的不是什么好宝贝,而是一双脏兮兮、臭烘烘的破胶鞋!牧野咬牙切齿、暴跳如雷,要操起电话破口大骂阿斐不得好死,还要登门用礼品盒去砸阿斐的心窝。范小雅转念一想,十分及时地制止了牧野。"你?"牧野极为不解地望着范小雅。"我有我的考虑!"范小雅微微一笑。

新婚之夜的激情几乎完全被破坏,范小雅却执意要给阿斐回赠礼品。"还送什么礼品?"牧野不满,"要送,就送比破胶鞋更脏更臭的烂货!"范小雅轻轻摇头,又用纤纤玉手去掩牧野的嘴:"这是我们女人之间的来往,就让我来应对吧,应该错不了!"范小雅神秘兮兮的。

翌日,范小雅就满面春风地去了阿斐那儿。笑容可掬地放下一个十分精美的礼品盒,什么也不解释便转身走人。

阿斐原想范小雅肯定会怒气冲冲地登门兴师问罪。没想范小雅竟像是走亲访友一般。这让阿斐十分诧异。"不管怎样,"阿斐断定,"范小雅都是笑里藏刀,她一定要报复我,礼品盒里装的也一定是比破胶鞋更脏更臭更使人恶心的东西!"眼不见心不烦!范小雅一走,阿斐就想把礼品盒扔进垃圾箱了事。可真要扔时,强烈的好奇心又驱使她极想弄清礼品盒里到底装了什么。好几次,阿斐都欲打开礼品盒看看究竟,但准备动手时又犹豫了。

折腾整整一周后,阿斐才下定赴汤蹈火的决心。戴上厚厚的双层口罩,阿斐左手紧紧捂住鼻子,右手排雷似的慢慢打开礼品盒。怪呀!没有丁点脏臭之味？这才小心翼翼地凑上前去定睛细看。一看，阿斐黑葡萄似的眸子就变成了亮晶晶的星星：礼品盒里装的分明是一枚精美绝伦、吉祥慈善的玉佛，玉佛正阳光明媚地笑着呢！阿斐丈二的和尚摸不着头脑。俯下身子定睛再看，又发现玉佛下面还压着一张彩色纸片，上面写着一行娟秀的小字："阿斐，既然你把你最好最珍贵的东西送给了我，我也把我最好最珍贵的东西送给你。——范小雅"

轻轻合上礼品盒，阿斐陷入沉思之中。"礼品盒里的玉佛会不会是假玉？范小雅设下圈套要捉弄我、调戏我？"阿斐的脸色一阴，心里忽然闪现一个念头，"对，一定要悄悄找人鉴定鉴定！"

匆匆来到珠宝行，鉴定人员左看右审，然后认真地告诉阿斐："这可是上好的玉石制作的上好的玉佛，是真玉呢！"阿斐的脸就桃花似的红了。

死亡之约

贞观七年腊月初八，迎着纷纷扬扬、漫天飞舞的大雪，唐太宗李世民忽然驾临朝廷大狱。

大狱里关押着已判死刑、只等批准执行的 390 名囚犯。

此时，他们有人直勾勾地盯着唐太宗，有人眉头紧锁，有人不停地眨巴着眼睛……都不知道玉树临风、英俊潇洒的唐太宗，葫芦里装的是什么药。

"我是李世民，今天问你们两个问题，你们要如实回答！"唐太宗目光

炯炯地注视着囚犯，"第一，对朝廷大狱给你们所定的罪行和罪责，你们可有异议？"

"皇上，我们一点不冤，我们认罪服法！"囚犯们应声跪下。

"那好！第二，"唐太宗声如洪钟，"说说临死前，你们最后的心愿？"

跪在最前面、家住京畿扶风的囚犯徐福林，赶紧连磕三个响头，抬起头哽咽着说："皇上，我想回家，看看我的父母妻儿，与他们做最后的话别！"

"这个！"唐太宗仔细打量一眼他，把目光转向其他囚犯，"你们呢？都不要顾忌，但说无妨！"

"皇上，我们也一样！"囚犯们迫不及待地叩头、高喊。

"既然这样，我和你们订个'死亡之约'。可都愿意？"

"我们愿意！皇上。"

"好！"唐太宗点头，"第一，准许你们不受任何约束地回家，看望你们的父母妻儿！"

囚犯们颤抖了，他们的眼里都有泪光闪烁。

唐太宗威严地审视他们，又说："第二，你们必须保证：来年九月初四晌午之前，一个不少，自行、准时地返回朝廷大狱，服法受罪，主动送死！"

囚犯们一愣。他们相互看看，点头示意。高喊："皇上，我们保证！"

户部尚书兼大理寺卿戴胄额上沁出豆大的汗珠，立即小心翼翼地靠近唐太宗："皇上，这些囚犯可是杀人越货、罪大恶极之徒！他们丧尽天良、毫无人性。您放他们出狱，万一他们凶相毕露，或者逃之夭夭，怎么办？"

唐太宗轻轻拍拍戴胄的肩膀："爱卿，用诚心才能换忠心！我肯定他们不会辜负我对他们的信任！"

"这……？"戴胄不由自主地摇头。"别说了！"唐太宗对他摆了摆手，然后毅然转向囚犯们："此事已定！你们，都起来吧！"

霎时，囚犯们泪如泉涌，情不自禁地欢呼雀跃起来。

牢门一开，囚犯们就像挣脱了牢笼的野兽，撒开双腿，没命地向家中奔跑。他们担心唐太宗变卦，可他们错了。

秋高气爽，惠风和畅。都城长安。从四面八方赶来的民众潮水般地涌向朝廷大狱所在的朱雀大街。一时间，150米宽的朱雀大街上人头攒动。人们踮起脚尖，好奇地张望，耐心地等待。

这是贞观八年九月初四，一个史无前例的死亡之约！

没人相信囚犯们守信用！他们来是想验证自己的猜想，是想亲眼目睹唐太宗怎样应对突然的变故。

然而出人意料：那些个囚犯接踵而至、返回朝廷大狱。他们个个昂首挺胸，人人精神抖擞。

人们目瞪口呆，不得不对他们刮目相看。

晌午到了。清点人数，已返狱389名！还差1名？戴胄急了。"怎么办呢？皇上！"他小心翼翼地问。

唐太宗浓眉一皱："再清点一次，查查有谁未到？"

又清点人数，依然是389名，未到者正是徐福林！消息传开，不仅看热闹的民众七嘴八舌，已返狱的囚犯们也开始咆哮：狗日的徐福林，他怎么能出尔反尔？狗日的徐福林，他胆敢欺骗皇上？狗日的徐福林，他是混蛋、孬种……

"怎么办呢？皇上！"戴胄诚惶诚恐地靠近唐太宗。人们也不约而同，把目光投向这边。

"等等吧！"唐太宗把右手一挥。

半个时辰过去，不见徐福林的踪影。人们急得如热锅上的蚂蚁。囚犯们则怒目圆睁、咬牙切齿。

"怎么办呢？皇上！"戴胄又小心谨慎，问唐太宗。

"再等等吧！"唐太宗拍了拍戴胄的肩膀。

又半个时辰过去，依然不闻徐福林的声息。人们忧心如焚。囚犯们暴跳如雷。

"怎么办呢？皇上！"戴胄怯问。

就在这时，忽然有人高喊："来了、来了！"

"来啦！"人们循着吱嘎吱嘎的车轮声望出，还真有一辆牛车由远及近、匆匆赶来。

很快，从牛车的车篷里探出一张男人的脸。这张脸消瘦、蜡黄、病恹恹的。狱吏定睛细看，不错，此人正是徐福林！

人们长长地嘘了一口气。囚犯们的怒容也渐渐消弭。

"说说吧，怎么来晚啦？"唐太宗端详着徐福林的脸。

"返回长安的路上，我突然病倒了。幸亏中途拦住了一辆牛车，就雇了它继续赶路。"徐福林喘着粗气，"我起了个大早，本想早点返狱服法，哪料事与愿违。唉，我有罪，罪孽深重啊。皇上！"

"不，你能抱病返狱，精神可嘉！"唐太宗向徐福林投出赞许的目光。

徐福林挣扎了一下，要奔出牛车给唐太宗下跪。唐太宗走过去扶住他："徐福林，你别动，就在车上待着。"

"现在怎么办？皇上！"戴胄毕恭毕敬地问。

囚犯们无可奈何地低下头。他们明白，真正的死期就要到了。

"怎么办？"唐太宗把囚犯们一一打量过，突然朗声宣布："大赦所有囚犯，让他们自由回家！"

人们惊讶地把嘴张成了大大的"O"形。囚犯们也半晌回不过神来。等终于回过神来，就见他们五体投地地跪在唐太宗面前，热泪盈眶地高呼："皇上万岁、万岁、万万岁！"

风云突变，西域叛乱。贞观十四年唐太宗任命唐朝名将侯君集为西域远征军统帅，统领15万铁骑远征西域。闻讯，390名囚犯慷慨激昂、自愿请战。他们在侯君集的带领下、一路冲锋陷阵、英勇杀敌，最后全部血洒疆场、壮烈殉国……

西域转眼收复，大唐开始抒写拓土开疆的壮丽史诗！

雅盗

  阳光芬芳、鲜花明亮，附近有袅娜的歌声轻轻荡漾。

  刚潜入主人家，小偷就发现：客厅的茶几上端放着几张"伟人头"，旁边还有一张字条："如果不是万般无奈，你肯定不会干这一行。相信你过得也不容易。为了让你我都省事，特在此放上300元钱。我家条件一般，希望你别介意。好走！"小偷开始有些生气，不，是动怒："300元打发乞丐呀！"但看罢字条，心头却一热，眼眶也有点湿。略愣，揣上钱和字条，便匆匆出门。小偷想不到，还有人对他如此客气。

  一段时间之后，小偷又神鬼不知地潜入这家。主人在客厅的茶几上依然端放了300元钱。旁边也依然有一张字条："感谢你上次没有翻箱倒柜，省去了我们整理衣物的劳累。这点小钱还是为你准备的，希望你不要嫌少。好走！"

  小偷又发现了钱和字条，心里依然亮过一道闪电。

  但这次，小偷对钱已了无兴趣。不仅了无兴趣，还把上次偷走的300元也拿出来，恭恭敬敬地端放在茶几上。

  小心翼翼地走进书房，从主人的书架上找到那本小小说集，小偷甚喜。哗哗哗地翻阅一遍，又下意识地看看封底的定价：60元！

  小偷毫不犹豫，立即把这本集子带到客厅，轻轻放在茶几上。又在集子

上放了 60 元现金，还在旁边留了一张字条："亲爱的白正老师：经常在报刊上拜读你的小小说。很喜欢你的文章，不，应该说很崇拜你！现代社会物欲横流，爬格子效益十分低下。你能耐得住寂寞，潜心创作震撼人心的佳作，十分难得、可敬！知道上次偷的是你家的钱，我愧疚，一夜未眠。现将偷走的钱分文不少地还给你，只求你能原谅我！我想买一本你的小小说集，你能在集子上签名题字吗？购书款我先放这儿，下次再登门取书。祝好！"

回到家里，看罢小偷留下的钱和字条，白正心潮起伏。稍一思虑，便翻开茶几上的集子，在扉页上端端正正地写道："如能听我一言，劝你金盘洗手。好人一生平安，你能从善如流吗？"写好便在题字下认真地签上自己的姓名。

签完姓名忽又想到有个谜底尚需揭穿，于是又在集子旁留下一张字条："你怎么知道我是小小说作家白正的？"

"亲爱的白老师，我从电视里看到过记者上你家采访的现场报道，那是你获得一个全国性文学大奖之后。看完报道再一回想，才发现我偷了这世上最不该偷的人家。你的开示我谨记于心。但江山易改，禀性难移。只是今后，我会精心选点，只偷该偷之户，譬如贪腐官家和黑心商家……"

隔几日，当白正看了小偷在茶几上留下的字条，他的眼前忽然一亮，但旋即又心头一紧。这时，他还想说点什么，但最后什么也没说。

阳光芬芳、鲜花明亮，附近有袅娜的歌声轻轻荡漾。

羊吃什么

　　南野养的羊体形又肥又大,南野养的羊长得又快又好,南野养的羊数量又多品质又优,南野赚了大钱发了大财。南野成了远近闻名的养羊专业户。

　　就有环保局的慕名而至。环保局的问南野羊吃什么?南野不以为然就吃青草呗。环保局的声色俱厉羊吃青草影响绿化破坏生态环境这还得了!南野一愣那可怎么办?环保局的铁青着脸罚款吧南野?南野又问要罚多少才能息事宁人?环保局的回答要开收据6千不开收据3千南野你自己选择。南野不假思索那就3千元吧。南野交了罚款,环保局的走人。

　　就有林业局的闻风而来。林业局的问南野羊吃什么?南野想羊吃青草要罚款便说吃树叶啃树皮呗。林业局的拍案而起这是损树伤林阻挠林业生产问题十分严重!南野一惊那可怎么办?林业局的紧绷着脸罚款吧南野?南野又问要罚多少才能放条生路?林业局的回答要开收据8千不开收据4千南野你自己看看。南野搓搓手掌那就4千元吧。南野交了罚款,林业局的转身。

　　就有畜牧局的接踵而至。畜牧局的问南野羊吃什么?南野想羊吃植物都要罚款便说吃鸡鸭禽蛋呗。畜牧局的勃然大怒南野你怎么不识时务?如今发生了禽流感空气中都有紧张味,万一鸡鸭禽有禽流感你的羊岂不传染禽流感?你的羊有禽流感岂不又传染给人?这可是人命关天后果不堪设想!南野一慌那可怎么办?畜牧局的阴沉着脸罚款吧南野?南野又问要罚

多少才能遮掩得好？畜牧局的回答要开收据 1 万不开收据 5 千南野你自己想想。南野拍拍脑门那就 5 千元吧。南野交了罚款，畜牧局的返回。

就有卫生局的匆匆而来。卫生局的问南野羊吃什么？南野想羊吃自然天成的要罚款就说人工饲料呗。卫生局的义愤填膺饲料中有激素羊吃激素羊肉里就有激素，羊肉里有激素人吃了就生病危害人民健康。你这不是坑人利己吗好你个南野！南野一急那可怎么办？卫生局的冷冰着脸罚款吧南野！南野又问要罚多少才能网开一面？卫生局的回答要开收据 1 万 2 不开收据 6 千南野你自己说说。南野欠下身子那就 6 千元吧。南野交了罚款，卫生局的凯旋。

就有技术监督局的大驾光临。技术监督局的问南野羊吃什么？南野想羊吃自然天成的要罚款羊吃人工生产的也要罚款，南野就眨眨眼笑一笑我真不知我的羊都吃什么。技术监督局的诧异不已哭笑不是那你的羊干嘛养得又肥大大长得又快又好？技术监督局的又郑重其事认真提醒南野不说实话不讲真情我们要立马关闭你的养羊场南野你考虑清楚！南野依然眨眨眼笑一笑羊想吃啥吃啥爱吃啥吃啥我每天只给羊吃东西的钱羊自己到外面去买，我还真不知我的羊都吃了什么怎么吃的吃了多少！技术监督局的木了……

里程碑

化学老师鲁藜是古渡中学高一年级 43 班的班主任。

43班新生入学不久，还未教学生们做化学试验，鲁老师就先拿他们做试验品，做了一个古怪的试验。

鲁老师把该班54名学生平均分为3组，每组18人。第一组安排数学老师匡满带队，学生何叶任组长；第二组指定语文老师席君秋带队，学生林立升任组长；第三组则由他自己带队，学生吕布布任组长。按照预先确定的计划，三组学生同时从古渡中学出发，徒步去三个不同的村庄。

第一组出发时，匡老师只叮嘱学生们跟他走，至于去哪儿、有多远都别问。当然，问了也无可奉告。他说到了就到了。

第二组动身前，席老师先告诉学生们，他们要去的地方是通什村，距离古渡中学10公里。

第三组要走的路程也是10公里，他们的目的地是哈尔盖村。一上路，鲁老师就向学生们讲明了情况。只是：第三组所走的道路，每隔1公里，路旁都竖有1块醒目的里程碑；第二组则不然，路上1块里程碑也没有。

返回学校，进入教室，在座位上一一坐好，学生们都用怪怪的眼光打量鲁老师。鲁老师却满脸微笑地站在讲台前，双手伏着讲台，神秘兮兮地询问各组的试验情况。

跟着匡老师，才走约2公里，我们这组就有人叫苦叫累；走到近5公里，不少同学已疲惫不堪；再往前走，多数同学都牢骚满腹、神情沮丧；个别人怒气冲冲，有的干脆蹲在路边等候。当匡老师终于说目的地南曲村到了时，跟在他身后的学生只有了6人！这时，匡老师连连摇头，他告诉我们：从南曲村到学校的距离是10公里呢！第一组组长何叶气喘吁吁地说。

那——为什么会这样？鲁老师关切地问。

因为目的地不明，又不知道有多远的路程，大家感觉都很茫然；一茫然，消极悲观的情绪随之上涌；消极悲观的情绪一上涌，要到达目的地自然就甚难。何叶深思熟虑后回答。

说得在理呀！鲁老师直点头。

那么第二组的情况呢？他把目光投向林立升。

我们这组吗？林立升眨了眨眼，情况可比第一组要好！走了大致 5 公里，才有人叫苦叫累；走到 7 公里多时，不少同学才表现疲倦；再往前走，我们还能咬紧牙关，艰难迈步。等席老师指点目的地，高喊：快到了，快到了！同学们才昂首挺胸、精神抖擞。好在我们这组没人当逃兵，全部到达了目的地！

为什么没人当逃兵？鲁老师有意追问。

因为目的地很明确，行程也十分清楚。总的说来，大家心里有个底。林立升脱口而出。

既然如此，同学们为什么还会感觉劳累、疲惫？鲁老师再问。

因为只是走呵走，走了多远？还有多久？路上没有标志，心中没有准数。仍会不时有茫然之感！林立升摸摸后脑勺。

鲁老师首肯。

到第三组了。鲁老师用手指轻轻地敲了敲讲台。

很简单，我们这组沿途有说有笑、精神焕发。大家几乎是身轻如燕、健步似飞地赶到了目的地。吕布布满脸的阳光灿烂。

鲁老师眼睛一亮：为什么会这样好？

因为我们对目的地和总行程早已了然于胸。路上还不断地出现里程碑。每走一段路，看到一块里程碑，大家便知道离目的地又近了 1 公里。心里就又多了一分成就感，精神当然也为之一振！吕布布说得眉飞色舞。

鲁老师也听得频频颔首。

这时，终于就有学生憋不住，站起来高声而不解地问：鲁老师，你为什么要做这么个试验？

问得好！鲁老师扬扬手示意那个同学落座。又意味深长地看看全班学生：同学们，你们不是反复、多次地问我，这高中三年究竟怎么过吗？现在，我已把答案告诉了你们。仔细想想吧！

同学们茅塞顿开、恍然大悟，一个个高兴地笑了。

从此，43 班的学生比该校同年级其他班的学生都有锐气。

3 年后的高考，他们也比该校同年级的其他班考得更好。

很多年过去了。忆起那次特殊的试验，同学们仍然历历在目、心潮澎湃。他们知道，鲁老师总在路上。路上，总有耀眼的里程碑！

双赢

不是冤家不聚头，这话好像是冲着金克木和灰娃两夫妻说的。他们在一起，还真是大吵三六九，小吵天天有。而每每吵得凶时，妻子灰娃又总要摔一样东西：要么一只碗，要么一个茶杯，要么一把椅子……每次，只要灰娃一发威摔起东西，金克木就胆战心疼，像只缩头乌龟了。

这回，还没吃完晚饭，金克木和灰娃又开始为芝麻大的事儿喋喋不休地争吵。吵得火药味很浓时，灰娃又故态复萌，抓起桌上一只碗，狠狠地朝地上摔去。只听"咣当"一声，碗立马摔得粉碎。

可与以往判若两人：金克木不仅没有甘拜下风，反倒昂首挺胸、毫无惧色。

"你狠！饭桌上还有那么多碗，你摔，你都摔呀！"金克木端坐于桌旁，双臂交叉、抱胸，一副无所谓的模样。

"你以为我不敢吗？"灰娃一愣，凶巴巴地瞪瞪金克木，扬起的双臂像扫帚一样，狠狠地向桌面扫去。"哗啦啦！"桌上的碗筷顷刻像雨点般落地。

"你狠！你索性连这张饭桌也砸，砸呀！"金克木站起来，一边往墙边退让，一边激将灰娃。

"你以为我不敢？"灰娃又咄咄逼人地瞪一眼金克木，抓起一根大木棍

贴着大地行走

就向饭桌猛击。

"好家伙！还有椅子呢？"金克木搓搓手。

"砸！"灰娃咬咬牙。

于是，椅子砸了。

"还有铁锅呢？"

"砸！"

铁锅又砸了。

"还有水缸呢？"

"砸！"

…………

不一会工夫，他们家里能摔能砸的东西，就几乎全摔全砸了。地上天女散花、一片狼藉。

直到这时，金克木才像泄了气的皮球，灰娃才像站到了胜利的凯旋门前。

吵架归吵架，吵完架日子还得过呀！第二天，等两人都心平气和了，他们又不得不结伴进城，去买锅碗瓢盆桌椅板凳……回家的路上，两人细细一算，买这些东西竟花了 2 千多元。对一个并不富裕的农村家庭，这可不是笔小钱呵！

灰娃的心里像刀割似的疼痛，十分懊悔自己太意气用事。当然，灰娃绝不会把情绪写在脸上。她努力地克制着自己，不让金克木拿捏到自己的软肋。

金克木呢，心里也隐隐作痛，表面却装得十分慷慨："老婆，只要你觉得消气解恨，以后我们吵得恶时，你还把这些东西一股脑儿地砸掉，就当是砸堆土坷垃，就当是砸别人的破烂货！"

灰娃吃惊地瞅瞅金克木："砸了咋办？"

"陪你进城，买呗！"

"真的？"

"真的！"

金克木越说越轻松，灰娃却不由自主地低下了头。

灰娃软绵绵地说："下次再不砸了！天王老子要我砸，我也不砸了！"

"真的？"

"真的！"

金克木将信将疑。

没过多久，金克木和灰娃再度发生争吵。吵得不可开交时，灰娃又急火攻心，狠狠地抓起桌上一只碗。

金克木先是慌了，但转眼又镇静下来。

"砸呀！"金克木下意识地冲着灰娃大吼。

灰娃恼怒地瞪一眼金克木，把碗高高地扬起。可在空中停留了很久，碗还是紧紧地抓在灰娃的手里。

"凭什么要听你的使唤！"灰娃如梦方醒，出其不意地反问。可不等金克木开口，灰娃立马又说："老娘今天邪了，偏不砸哩！"

"真的？"

"真的！"

"这，这……"金克木似乎黔驴技穷了。

其实：金克木心中窃喜；灰娃的心里，也暗自得意。

男人的心

杨邪最怕陪老婆苏笑嫣逛商场，苏笑嫣却最喜欢要杨邪陪同。每次逛

商场,杨邪就像坐监牢,度日如年。而苏笑嫣呢,却总是乐此不疲:这里看看,那里瞧瞧,半天选不中一件商品还春风满面;当然,如果有幸选中了某件,那可就要心花怒放。常常这样,杨邪饥肠辘辘、全身乏力了,苏笑嫣还兴致勃勃、精神抖擞。

即便如此,只要苏笑嫣有要求,杨邪还是不得不陪。这第一嘛,与苏笑嫣谈恋爱之前,苏笑嫣就有言在先。他们达成过君子协议,婚后也不能单方面毁约。第二,本来就很漂亮的苏笑嫣,婚后因为爱的滋润越发魅力四射,让不少男性眼睛发亮。如果惹她不舒服而变心,对杨邪是很危险的。说得更明白些,万一苏笑嫣跟别的男人走了,那是杨邪无法承受的灾难。所以,要逛商场,杨邪只能硬着头皮,陪!

星期天的阳光很灿烂。一看天气甚好,苏笑嫣又向杨邪发出邀请。苏笑嫣还带上了活蹦乱跳的女儿杨粼。杨邪则远远跟在他们身后,算是陪着。

进了商场也一样,苏笑嫣牵着杨粼的小手,这里瞅瞅,那里查查;这里问询,那里打探。兴趣盎然,津津有味。杨邪却戴着一副墨镜,双手插在裤袋里,远远跟随他们,不时盯盯苏笑嫣肩上的坤包。那神情就像侦探或贼发现了目标,准备行动前既小心翼翼又镇静自若。

不知跟了多久,杨邪无意间发现,有个身材和他差不多,戴着副墨镜,双手插在裤袋里,文雅如他的年轻小伙,也在不声不响地打量苏笑嫣,审视和揣摩她肩上的坤包。

似有心理感应,那小伙也注意杨邪了,认定杨邪同样对苏笑嫣产生了兴趣,而且杨邪比他更早更快地瞄准了目标。

悄悄交换眼神之后,那小伙一溜烟来到杨邪身旁。轻轻碰了下杨邪的肘关节,便附在杨邪的耳边窃窃私语说:"哥们,马上行动吧,弄到银子平分。你在这里打掩护,我去那边下手?"

"不,"杨邪摇头一笑,"兄弟,我比你手脚更麻利,还是你在这里站岗放哨,我摸到那女的身边去试试身手!"

"这……?"那小伙不悦,犹豫。

"爸爸,爸爸!"这时,杨粼忽然掉转头来,冲着杨邪激动地大喊,"快过来,快过来呀,妈妈已选好衣服,就等你付钱呢!"

"哦——那好!"杨邪如梦方醒,不由自主地抬头。

"怎么?弄了好半天,你们竟是一家人!"那小伙大惊,先是乌龟似的缩头,然后拔腿就往外跑。

"哎,别急,我们还没谈好哇!"杨邪望着那小伙远去的背影,兴致勃勃地调侃。

苏笑嫣不知杨邪这边在演什么戏,提着一件时髦的衣服,好奇地问:"杨邪、杨邪,你刚才和谁打招呼?你们在谈什么呀?"

杨邪就眉飞色舞地奔向苏笑嫣:"不期而遇一个好朋友,咱们谈笔生意哩!"

"谈生意?"苏笑嫣追问,"谈什么生意呀?"

"这个嘛?成了再告诉你吧!"杨邪神秘兮兮的。

"也好,付款吧!"苏笑嫣拍了拍杨邪的肩膀。

买好衣服回到家中,杨邪迫不及待地把自己关在房里,装模作样看书的同时,手心里悄悄地捏了把汗。

从此,只要苏笑嫣一提逛商场,喊不喊他杨邪陪同,杨邪都要毅然前往,俨然肩负了某种神圣的使命。

苏笑嫣既高兴又好奇,就问:"杨邪、杨邪,以前请你陪我逛商场,你都像做作业一样被动和潦草;如今即使不要你陪,你怎么也像寻宝似的主动和热心呢?"

"因为——"杨邪有点羞涩似的,"我比以前更爱你呗!"

"滑头!"苏笑嫣虽然嘴上这么说他,可心里却比喝了蜜还甜。

贴着大地行走

086

因为那狗

　　那只银狐狗全身披着雪白的绒毛，长着一双清澈灵动的眼睛，体形俊美，性情可亲，见到他们就摇头摆尾、活蹦乱跳，仿佛见到了自己的主人。

　　胡扬的目光一下被它黏住，王小妮也蹲下身去逗它。俩人都很喜欢它。王小妮便试探店老板的售价。"300元！"店老板说。王小妮和胡扬对对目光，迫不及待地买下了它。

　　那时王小妮和胡扬才结婚，不仅房子是新的，家具是新的，人是新的，就连刚买回的小狗也是新的。房子的采光很好，房内的阳光明媚。小狗白花花的，整天在房内跑来跑去，更像一团晃动的阳光。

　　有一段时间，除了工作、写作、生活和社交，俩人的兴趣和精力几乎全用在小狗身上。空闲时，胡扬就为小狗准备骨头、牛肝等好吃的东西，还在客厅里耐心驯狗，教狗做各种滑稽打趣的表演；王小妮呢，则三天两头为小狗洗澡，小心翼翼地给小狗梳毛，把家里打扫得明窗净几，还天天抽时间带小狗上街溜达。

　　俩人婚后的日子像小狗一样单纯、生动、活跃、亲昵，爱情随着小狗一同成长，也在报刊上发表清新的诗歌、溢情的散文、雅致的小说，事业上取得了不小的成功。

　　光阴荏苒。一晃小狗长大了。长大了的狗还真的像只动人的银狐。每

天王小妮和胡扬上班去后，狗就在家里机警地转悠，看房子。王小妮和胡扬下班回家时，听到钥匙插入锁孔的声音，狗就会激动不已地跑到门前迎接，在他们的脚边和身后不停地转呵嗅呵，还像仪仗队员一样站立，举行隆重的欢迎仪式，嘴里哼哼唧唧的，仿佛在倾诉心声，又像在快乐地歌唱。清晨，狗醒的早，醒来后就跑到他们的房前，扬起前蹄既轻又亮地敲门，直到他们醒来，起床和开门。

狗成了他们的宠儿。仿佛三口之家，相处如深秋之夜那融融的月光。王小妮和胡扬的爱情也达到了和谐与甜美的极致。

天有不测风云。不知哪天，王小妮下班回家，发现狗竟在他们的床边拉了一堆屎，撒了一泡尿，又脏又臭，恶心作呕。王小妮火了，一边破口大骂，一边把狗头按在那屎和尿上，令狗去闻去舔。又把狗屎狗尿弄到卫生间的便池边，教狗以后拉屎撒尿只能蹲在卫生间里指定的位置。可狗就像得了健忘症，翌日又旧病复发。气恨之下，王小妮扬起扫帚，把狗痛打了一顿，直打得狗汪汪大叫。痛打归痛打，不想狗依然顽固不化。这令王小妮特别失望。

更有甚者，不知何时，狗开始啃咬家具。桌子、椅子的脚，床和沙发的腿，都被啃咬得破损不堪。多次教训无用，胡扬忍无可忍。盛怒之下操起木棍打瘸了狗的右腿。可狗很快好了伤疤忘了疼，甚至变本加厉。胡扬深恶痛绝。

王小妮和胡扬从此没有了笑脸，这个家庭也随之闹起了别扭。无论交朋结友的方式，家庭收支的安排，鸡毛蒜皮的小事，都难得达成一致性的意见，都成了点燃火药桶的导火索。俩人心烦意乱，备感不快。

终于，王小妮忍不住对胡扬说，把狗弄走吧，这日子没法过了！胡扬也说，是呵，你看这家……

于是，选择一个有阳光的日子，王小妮和胡扬匆匆把狗弄出家门，送瘟神一般，把它送给了一家小超市的老板。此后，家里没有了狗屎狗尿的奇臭，家具也不用担心被狗啃烂咬坏了。

可从此，无论俩人怎样努力，家里沉闷的空气并未随着狗的离去而散，和美的氛围也不再笼罩，狗的离去还似乎带走了什么。

无奈之下,王小妮和胡扬协商卖掉房子,忐忑不安地离了婚。

后来听说,换了主人的狗不仅瘸了的右腿不瘸了,而且痛改前非、活泼可爱,又成了主人的新宠。

只是王小妮和胡扬,再也不能回头了!

感谢乞丐

朋友聚餐。

谈笑风生、酒兴正浓,忽然进来一个白发凌乱的老乞丐。

乞丐衣衫褴褛,脸色蜡黄,佝偻着背,手里端个破瓷碗,碗里有被施舍的零星钱币,一副可怜巴巴的模样。

"快快请出!讨钱都讨到酒店来了,真扫兴!"有人心烦,大声呵斥。

"不要这样嘛!他也是人,也有做人的尊严!"作家赵青立即起身,微笑而悲悯地请乞丐入席。乞丐忸怩,不从。赵青就恭恭敬敬地给乞丐盛了满满一碗饭,又给乞丐夹了满满一碗菜,和颜悦色地请乞丐在一旁用餐。

用完餐乞丐要走,赵青又掏出50元钱塞给乞丐。

"谢谢!谢谢!"乞丐颤抖着,眼里一下涌出泪来。

赵青也很激动,连说:"谢谢!谢谢!"十分友好地把乞丐送出餐厅。

朋友们愣住了,都以为赵青喝多了酒,要不就有神经病。于是,等那乞丐一走,便有人嘲讽道:"作家先生,乞丐谢你天经地义,你给了他施舍。可

你,怎么也谢乞丐呢?"

"道理很简单,"赵青竟心平气和,"他给了我行善积德的机会呀!"

装修

因要装修房子,请了一个瓦匠、一个漆匠和一个木匠。三人的年龄都在40岁左右。

每天太阳初升,他们就穿着迷彩服和黄胶鞋来了。来后先依次上卫生间洗脸漱口、方便方便,再一起蹲在墙角吧嗒吧嗒地抽烟。烟雾缭绕中,他们悠悠然有如神仙一般。抽完烟,才各忙各的事去。

"幸福的花儿竞相开放,爱情的歌儿随风飘荡……"不一会,房间里响起悦耳的歌声,是瓦匠蹲在地上,一边小心镶嵌地面砖,一边情不自禁吟唱的。唱罢《我们的生活充满阳光》,瓦匠又充满激情地吟唱《在希望的田野上》,漆匠被深深感染了,也一边扬起刷子,在墙面利索地刷着墙漆王,一边用嘴当笛,兴致勃勃地吹奏《牧羊曲》。似乎还很动听的。"停一停,停一停!"木匠不想被遗忘,也一边乒乒乓乓地钉着房顶的装饰条,一边迫不及待地叫嚷道,"我给你们讲个故事——"咽了一下口水,木匠赶紧说:"汉剧团有个女演员,近60岁了,晚上常去一家歌舞厅跳舞。有个20来岁的毛头小伙,不知怎的成了她的舞伴。跳来跳去,眉目传情,小伙子竟爱上了女演员!""真的?"漆匠的刷子在漆桶里浸了一下。"真的!"木匠又抡起钉锤钉进了一枚钉子。"后来呵,"木匠说:"他们还手牵手登门拜访小伙子的父母呢!可惜第一次,门槛还没迈进,小伙子的父母就高高地扬起扫帚和拖把……""啧啧,有趣!"瓦匠瞄着地面砖说。"是呵,"木匠得意起来,"只是棒打鸳鸯不散,小伙子和女演员硬是做了夫妻,感情还蛮好呢!""当真?"瓦匠和漆匠几乎异口同声。"骗你们是狗!"木匠赌咒发誓道。

房子里满是飞扬的灰尘、刺鼻的墙漆味和叮叮当当的敲打声,我偶尔进去一下都难受像要下地狱,他们整天置身其中却像进了天堂。我问他们干吗这样快乐?回答干脆简单:"老板请咱做工,咱能赚钱呗!"我担心如此下去,房子装修质量不保。他们就把胸脯拍得山响:"老板尽管放心,我们不是只做一家生意就'金盘洗手'的!快乐着精神就好,精神一好做事有劲,做工质量反而更高。""真是这样?""不骗老板,装修完了请验收,不满意我们不要钱!""好,一言为定!""一言为定!"

装修完毕,我心里悬着的一块石头终于落地。真没料到,他们要价不高、干活又快、质量也优。激动之余,我要请他们上红松酒店吃晚饭。"真的?"他们欣喜若狂,"老板好人好报。我们回家一趟立马就去。""还要回家?""是呵!"

一个小时后,他们西装笔挺、领带飘飘、皮鞋贼亮、脚下生风,精神抖擞地跨进酒店。"迷彩服和黄胶鞋都脱了?还洗头洗澡梳妆打扮了一番?"我眼前一亮,惊问。"那当然,老板给足了咱面子,咱也要充分尊重老板是不?"我笑,心头为之一震。

饭桌上,因为彼此信任,谈吐十分投机。喝罢一瓶红酒,我就弄清了他们的生存状态。

瓦匠:家住城郊的乡下,儿子读高中成绩不错。为让妻子安心做完全家庭主妇,他不让妻子干农活,累死累活硬是养着妻儿两个。

漆匠:屋漏偏遭连阴雨:自己被企业买断下岗后,尚有几分姿色的老婆又跟一大款跑了,还狠心把正在读初中的女儿扔给他不管。

木匠:家里有老父老母病恹恹的,外面有老婆患宫颈癌在住院救治。没

有丁点外来援助,他正欠着一屁股债呢!

处于这样沉重的生存状态中,他们居然过得悠然洒脱、快乐未央。为什么呢? 就因为他们心态阳光!

我庆幸这次,不仅把房子装修得好好的,还好好地装修了自己的心灵。

闯红灯

有位中国小伙,在美国某大学留学期间,和同班一位法国姑娘相恋,两人情投意合,准备喜结连理。

星期天,阳光灿烂,惠风和畅。两人结伴去某公园散心。在一十字路口,正欲过街,对面红灯亮了。小伙左右一看,估摸闯红灯来得及,牵拉姑娘的手就要硬冲,姑娘直喊:NO,NO!坚决不从。

停立街边,小伙还在不解地盯视姑娘,姑娘却果断地作出了与小伙分手的决定。姑娘十分轻松,丁点也不遗憾。小伙懵了,问姑娘干吗? 姑娘说:你连红灯都闯,说明你是个十足的违法乱纪之徒。违法乱纪之徒绝对野蛮、凶狠、自私。而且,你敢闯红灯,更说明你视生命为儿戏。连生命都不珍惜,你还会珍惜什么? 如此,跟你又怎能长相厮守? 又哪有幸福可言?

小伙慌了:下不为例,一定改过! 姑娘摇头:法国人不相信耳朵,只重视眼睛。小伙无奈,只好痛苦地与心爱的姑娘"拜拜"。

第二年,小伙回到中国。在国内某单位工作。没多久,又和自己同乡、一个美丽大方的公关小姐共坠爱河。两人经常耳鬓厮磨,婚姻大事正在商定。

小伙记住前车之鉴,决心好好把握爱情。

一天,天朗气清,艳阳高照。两人相邀去某超市购物。正欲过街,对面红灯亮了。小伙反射性地停在街边,而小姐却视若不见地穿过马路。待小姐回头,发现小伙仍在等着绿灯,小姐就深深失望了。

小伙刚一过街,小姐就郑重宣布与其分手。小伙如雷轰顶:我自觉遵守交通规则,做个遵纪守法、文明有礼之人,不好?小姐不假思索:像你这种男人,畏狼惧虎、贪生怕死、循规蹈矩、故步自封,出不了成果、成不了大器。跟你过日子,岂不窝囊透顶?

小伙欲作解释,小姐拂袖而去。

愣在街边,小伙不禁默默落泪:这红灯,日后闯还是不闯?他苦苦地想……

天堂·地狱

来到天堂与地狱的交会处,判官要某长慎重作出选择。

某长眼珠一转:如果上天堂,会是什么样子?

判官肃然道:你得像牛马一样辛勤劳作,像唐僧一样历经劫难,像腊梅一样傲霜斗雪,像荷花一样出污泥而不染,像蜡烛一样燃尽自己照亮别

人……某长打了个寒战。

如果下地狱呢？某长小心试探。

判官微笑道：你可以贪得无厌，可以妻妾成群，可以豪赌狂掷，可以为非作歹，可以丧尽天良……某长窃喜。

我是人民的公仆，我不下地狱谁下地狱？人民是我的上帝，人民不上天堂谁上天堂？某长义无反顾，我下地狱吧！

判官正色道：君子一言，驷马难追，你再深思，绝不反悔？

某长义无反顾：心甘情愿，无怨无悔！

那好！判官于是慢慢打开地狱之门。某长定睛细看，里面尽是锋利的刀山、燎燃的火海、沸腾的油锅、腐臭的沼泽、血盆大口的猛兽、青面獠牙的恶魔……某长毛骨悚然。

那天堂呢，能否开启天堂之门？某长近乎乞求。

判官于是訇然大开天堂之门。某长极目远眺，但见里面晴空万里、春风和煦、繁花争艳、莺歌燕舞、泉水淙淙、山峦叠翠……某长向往不已。

你说的天堂地狱与我看到的怎么判若两样、大相径庭呢？某长茫然不解。

我说的是通往天堂地狱的过程，你看的是迈进天堂地狱的结果。天地之事，源远流长，过程结果，绝然相反。这就叫公平，公平你懂吗？好了，天机都已泄露，你还是——下地狱吧！

某长目瞪口呆、不知所措。

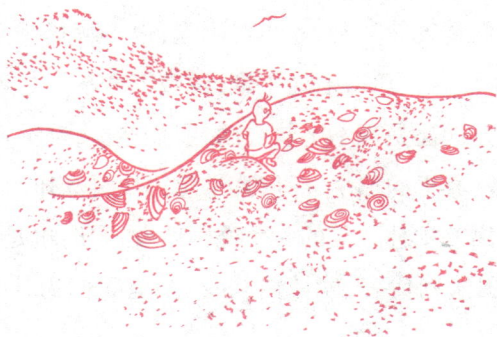

洗手

那是我们国家改革开放之初,经过精心的谋划,怀着美好的心愿,下定最大的决心,我们一行乘飞机去柏林,与德国有关方面商谈引进一条德国全自动食品生产线的事宜。

德国人超乎想象的严谨、精明和苛刻,我们也千方百计、竭尽全力维护自己的利益。谈判进行了整整三天,我们时进时退、巧妙周旋、讨价还价、软磨硬缠……谈得很紧张、很艰难、很费心。最后老天开恩,终于与德国方面达成了引进协议,我们才长长地嘘了一口气。

这时德国方面的头儿说,修正协议的抓紧修正协议,其他人都休息一下,待协议文本做好后双方再签字吧,我得去一下卫生间……我们方面的头儿接着也说,我不方便一下不行了,我也去。于是,他们一前一后去了卫生间。

回来,德国方面竟突然变卦,一声对不起,也不解释任何原因,就坚决不和我们签订协议了。我们急得七窍生烟,说破三寸不烂之舌,费尽九牛二虎之力做工作,德国方面还是毫不手软心动。我们绝望,都觉得德国人神经质,和他们打交道没趣,心里的那个气呀,真是憋得快要爆炸。

半年后,我又出差柏林。我的一个德国朋友,当时也是引进那条全自动食品生产线的德国谈判代表,才悄悄问我:知道我们为什么坚决不签协议

吗？我很不高兴地连连摇头。看看并无其他人在场，他索性开诚布公地告诉我：你们的头儿去卫生间小便后，没洗手就回到谈判桌旁，被我们的头儿看在眼里、记在心上了！就这么一件小事？我十分惊异地反问。这可不是小事哦，我的德国朋友很严肃很认真地向我解释道：小便后不洗手，手上很可能残留有尿液；手上残留有尿液，你们的头儿拿笔签协议时，笔上和协议文本上都可能残留有尿液。你们的头儿手上残留有尿液，签完协议与我们的头儿握手后，我们的头儿手上又可能残留有尿液。姑且不说你们的头儿有没有传染病，想一想，这都是很令人恶心的事情。再者，你们中国人如此粗心大意，如果引进的全自动食品生产线维护保养不好，坏了出问题了，不会指责我们的设备质量不高？不会严重影响我们的声誉吗？

我脸红，心里刀绞一样的痛。这些可恶的德国人呵，怎么当时不指出我们头儿的小节问题，让我们的头儿及时改正呢？不就是一个洗手问题吗？

玫瑰与仙人掌

仙人掌对玫瑰说："丑到极点就是美到极点。我丑，所以，我全身长刺。而你，你是这世上最美的花，何以也长刺呢？"

玫瑰嫣然一笑，不语。

请进包房

　　李点儿、丁莉、衣米一和娜夜都是中国人。他们气味相投,常常相约去城里的餐馆酒楼小聚。时间一长,城里的餐馆酒楼几乎没有他们未光顾的。每进入一家餐馆酒楼,落座,酒菜上桌,拿起碗筷,他们总是旁若无人:边吃吃喝喝,边猜拳、说段子、争辩是非、讲趣闻轶事……面红耳赤、高声喧哗。似乎餐馆酒楼里其他人不向他们张望,不被他们感染吸引,他们就白忙活、不风光似的。这是在中国的南方,这里的人们都很宽容、洒脱。因此,大家习以为常、相安无事。

　　李点儿、丁莉、衣米一和娜夜结伴去美国。四个人又进加州一家大餐馆吃饭。起初,他们自己坐在人满为患的大厅里。像在中国南方一样,酒菜上桌,碗筷拿好,他们又旁若无人:边吃吃喝喝,边猜拳、说段子、争辩是非、讲趣闻轶事……面红耳赤、高声喧哗。大厅里形形色色的人们一下子把目光投向他们,那种目光很怪很复杂。餐馆美国老板见状,像个消防队员,风风火火直奔过来。"女士们、先生们,你们好! 我请你们进包房用餐,进包房可以吗? "美国老板忐忑不安地恳求他们,还郑重许诺进包房不收包房费。他们一听,立即豪迈地起身。美国老板这才悄悄地嘘了一口气,赶紧唤来服务员,迅速把餐桌上的酒菜一股脑儿移进那间隔音效果很好的包房,然后严严实实地关上房门。他们又在包房里喝酒碰杯、继续热闹。没有人再注意

他们的一举一动。

吃饱喝好，恋恋不舍地从那家餐馆出来，走在宽广美丽的加州大街上，他们个个飘飘欲仙，难掩内心的激动与自豪。

李点儿春风得意："怎么样？老美就是高看咱中国人，厚待咱中国人吧！"

"是啊，"衣米一喜形于色，"如今咱中国发展强大了，吃饭喝酒老美都给咱中国人'开小灶'，OK！"

丁莉眼睛亮了："咱们经常来美国吧，多多享受老美对咱中国人的充分尊重！"

"我看啦，"娜夜撇撇嘴，神采飞扬，"咱们赚足钱后，索性移居美国！"

兴头正浓，他们还要高谈阔论。一直沉默不语、跟在他们身后的美国翻译终于忍不住了。"其实，"美国翻译说，"餐馆老板是怕你们高声喧哗影响大厅里其他客人，是怕其他客人反感离席弄砸生意，才心急火燎，特地请你们进包房的！幸亏你们都好商量，要不，餐馆老板可要……"美国翻译说不下去了。

李点儿他们惊呆了，摇摇头，你看看我，我望望你，每个人的脸都比醉酒时更烫更红。

警车开道

谷禾为中国 E 市 H 大学教授、校长；史蒂文是美国 G 市 F 大学教授和某学科专家。H 大学与 F 大学建立了良好的学术交流平台。史蒂文来 H 大学做过好几次学术报告,谷禾也去 F 大学交流过好多次。每回来中国,到 E 市一下飞机,谷禾就会亲自去机场,用自己的小车迎接史蒂文。一来二往、相互协作,谷禾和史蒂文不仅成了学术上的同研,更成了跨越国界的好朋友。

谷禾走马上任 E 市市长了,史蒂文仍外甥打灯笼——照旧(舅)。原副校长幸酉接任谷禾的校长之职后,H 大学和 F 大学学术交流依然频繁。谷禾与史蒂文经常电话联系,还是关系密切的好朋友。

H 大学又发函邀请史蒂文来中国开展学术交流。史蒂文高兴地给谷禾打电话,说是很想见见当了市长的老朋友。谷禾说他也很想见史蒂文。这次来 E 市,一定要给史蒂文意外的惊喜。史蒂文忙问是什么惊喜?谷禾说到时便知。史蒂文就在电话里嘀嘀嘀地笑了。

阳光灿烂、花香扑鼻。一出飞机场,史蒂文就急切地寻找谷禾。但谷禾没有现身,谷禾的秘书王家新和 H 大学新任校长幸酉却来了。史蒂文认识王家新。王家新曾是谷禾任大学校长时的秘书,现在又继续做当了市长的谷禾的秘书。王家新与幸酉热情地迎上去,与史蒂文和助手亲切地握手、拥抱。王家新告诉史蒂文,谷禾陪省领导到外地考察去了,委托他和辛校长接待好美国朋友。

史蒂文一愣:“你们谷市长说要给我意外的惊喜,你知道是什么惊喜吗?”“请跟我来。”王家新手指机场外公路边停放得整齐威武的一溜儿小车,“你看,第一辆警车叫牵引车,是在车队前面引路和指挥其他车辆让道的;第二辆警车叫前卫车,是在车队前面负责安全保卫的;第三辆美洲豹是接你和助手的迎宾车;第四辆宝马是我和辛校长坐的护送车;第五辆警车叫后卫车,是在车队后面负责安全保卫的。”王家新如数家珍、津津有味。史蒂文的脸却已由晴转阴。史蒂文惊问:“这就是你们谷市长要给我的惊喜?”王家新笑答:“是的!”史蒂文脸一沉:“来这么多警车做啥?”王家新眉飞色舞:“开道护卫,确保你的小车通行无阻!”边说边恭请史蒂文上美洲豹。史蒂文犹豫再三,很勉强很别扭地上了车。

警灯闪、警笛鸣。车队雄赳赳、气昂昂，一字排开、风驰电掣地向 E 市挺进。

感觉警笛越来越刺耳、警灯越来越恐惧。车队驶出飞机场不远，史蒂文终于又气又恼、大呼大叫起来："停车，快停车！"美洲豹惊慌地在路边停下，整个车队也无奈地在路边停下。史蒂文暴跳如雷地冲下车："我们不是囚犯，我们不去刑场！我们是美国的专家学者，是应邀来中国做学术交流的。你们不能用警车押运我们，不能羞辱、敌视美国人！你们这样不友好，我们要立即打道回国！"王家新哭笑不是，赶紧迎上去小心释疑："误解了、误解了！亲爱的史教授，这不是把你们当囚犯羞辱敌视，相反，是把你们当贵宾高看一等呀！你真的不知，在我们中国，这叫'警车开道'，是迎接省级以上高官的特殊礼遇！正是为了体现对你们最充分的尊重，给予你们最热烈的欢迎，谷市长才力排众议，做此决定的。"见史蒂文已怒容稍缓，王家新嘘一口气，赶紧把他请上美洲豹。

警灯闪、警笛鸣。车队又雄赳赳、气昂昂，一字排开、风驰电掣地向 E 市挺进。

进入 E 市的 DK 大道，前方的车辆都闻风让路，如惊弓之鸟；两旁的行人也驻足观望，像看西洋镜。目睹此情此景，如坐针毡的史蒂文禁不住大呼大叫："停车，快停车！"美洲豹又在路旁嘎地刹车，车队也在路边紧张地停下。史蒂文义愤填膺，冲下车就嚷："你们这是扰民，是让我们难堪！路上的车辆没理由给我们让道，我们也无权惊骇路旁的行人。快撤走警车！""狗上花轿，不识抬举！"王家新烦恼之至。但他还是强忍着，尽量和颜悦色地劝说史蒂文："史教授，感谢你设身处地，为路上的车辆和行人着想。但我要告诉你，每年，省级领导来 E 市视察都有好多次，都是警车开道。这里的车辆和行人早就习惯了。岂止习惯，还认为 E 市光彩，以此为荣呢！"见史蒂文气色依然不好，王家新眨眨眼，又说："一次，一家台资企业老板来 E 市考察，我们就因为破格用警车为其开道，结果，老板感动之下，让那家台资企业在 E 市生了根。说实话，E 市人都希望经常看到警车开道呢！"听王家新这么一说，再看车队后停下的车辆越来越多，路两旁围观的行人已里三层外三层水泄不通，史蒂文忐忑不安，只好做贼似的上车。

其结果，此次学术交流活动，气氛总是不对劲。谷禾呢，实际上一直在 E 市待着，根本没有陪省领导外出。他原想出其不意地上 H 大学造访史蒂文，给他又一个惊喜的。不料史蒂文对警车开道非但不领情、不感激，反倒给他谷禾添麻烦、生乱子。咬咬牙，谷禾忽然改变主意，坚决不见史蒂文了。

从此，谷禾和史蒂文冷若冰霜、不再交往。

公主的新衣

话说赵匡胤黄袍加身，做了大宋的开国皇帝，全家人都如沐春风、如醉佳酪。赵匡胤的爱女永庆公主也成天吹拉弹唱，琴声像杨柳依依，轻拂波光粼粼的湖水。

阳光明媚，花香鸟语。永庆公主想给赵匡胤一个意外的惊喜，便仙女似的从天而降，风一般地飘进皇宫。

"父皇，请受女儿一拜！"像大臣觐见皇上，公主双膝跪地。

"哟，永庆公主！罢了，罢了！"正埋在公文堆里的赵匡胤猛然抬头，不禁眼前一亮，"是什么风把你吹来的？"

"春风！"公主踮起脚尖，舒展腰肢，有意在赵匡胤面前轻曼地旋转了一周。

像欣赏一件精美的艺术品,赵匡胤惊喜地端详着公主。

那时,公主穿了件新外衣,上面用七彩金丝缝缀着一片一片的孔雀羽毛。从窗口射进来的缕缕阳光,照得公主的新外衣熠熠生辉、十分华丽。

"父皇,女儿今天漂亮吗?"公主昂首挺胸、神采飞扬。

"唔,漂亮!可是……"赵匡胤慢慢地收敛起笑容,对着公主皱了皱眉。

"可是什么嘛?"公主娇滴滴地。

赵匡胤又上下打量一番公主:"你得把这件新外衣脱下,存放我这儿。我替你永久保管。"

"父皇,您什么意思呀!"公主一愣。

"这件新外衣你不能再穿了!"赵匡胤规劝。

公主不解:"为什么,父皇?"

"用五彩金丝缝缀着片片孔雀羽毛,你知不知道这件外衣有多贵?"

"多贵?我是大宋的公主,穿件新外衣有什么不可?再说,现在皇宫内外,这种金丝和翠羽多的是!父皇,您可不能小题大做!"

赵匡胤正色道:"正因为你是公主,所以不可!"

"干嘛?"公主努了努嘴。

"春秋战国时,齐桓公好服紫,一国尽服紫。你听说过吗?"

公主眨眨眼:"那又怎么样?"

"结果,齐国的紫布紧缺,一下子贵了许多倍!试想,你是大宋的公主,你可以穿这种新外衣,皇宫内有身份有地位的女人是不是也能穿?皇宫内有身份有地位的女人可以穿,都城里有身份有地位的女人是不是也能穿?都城里有身份有地位的女人可以穿,全国各地有身份有地位的女人是不是也能穿?如果全国各地有身份有地位的女人都来穿,大宋要浪费多少钱财呀?"

"这……"公主有些尴尬了。

赵匡胤却语重心长:"大宋开国之初,军需要钱,赈灾要钱……百废待兴,用钱的地方多的是!你是大宋的公主,地位够高的,生活也够宽裕了,不要身在福中不知福！"

话已说到这个分上，公主只好小心脱下那件外衣，悻悻地退出皇宫。

即便如此，公主依然闷闷不乐。女人爱美，穿着那件新外衣，公主更美。

"可父皇，自己穿着金灿灿的黄袍，却不许女儿穿一件新外衣？"匆匆找到杜太后，公主把嘴角翘得很高。

太后听了呵呵一笑："你在说皇上那件黄袍？可它的布质却和一般官员穿的衣服并无差异呀！"

"真的？"

"真的！"

太后拉过公主的手，十分爱怜地摩挲着。

公主就禁不住落泪了，一滴一滴，很亮。

第七辑

Gui Tu Jin Jin De Bao Zai Yi Qi

龟兔紧紧地抱在一起

某局小车使用规定

某局有局长1名、班子成员6名（副局长4名、工会主席和纪检组长各1名）、科长8名。可局里只有2台小车，不可能人人同等享用。为了充分尊重领导，也为了强化管理、利于工作，经认真研究，该局对小车使用作出规定如下：

1. 宝马是局长的专车，其他人无权动用。即使闲着，也只能闲着。用车时，冷、热天，车内2台空调同时开放。

2. 奔驰为局里的机动车，优先保证班子成员（副局长、工会主席和纪检组长）的需要。派车由局办公室具体调度。用车时，冷、热天，车内2台空调只能任选一台开放。

3. 班子成员都不需要时，奔驰车科长们可有偿使用。派车经常务副局长批准，由局办公室具体调度。但用车时，无论冷、热天，车内2台空调都不能开放。且油费、过路过桥费等也必须由用车人完全自理，局里概不负担。

4. 班子成员和科长都不需要时，其他干部职工也一律不能用车。即使闲着，也只能闲着。

都赢了

某厂花费 12 万元新购了一部小车,小车购回后还未风光一年就进了汽修厂。进了汽修厂后又大修了一年,结果非但车没修好,修理费还达到了 18 万元! 厂长等车坐等得肺快爆裂,催汽修厂千方百计加快修车进度,汽修厂却以未付修理费为由横竖不肯再修。

怎么办? 厂长召开厂务会议。研究的结果,绝大多数的参会者坚决反对支付修理费,理由是,与其付出这笔款子后继续修车,不如再花钱买部新车回来,虽然厂里已困难得连工资都不能及时发放,但账连小学生也知道只能这样算。最后还是厂长高明:修理费一分不给,小车绝不收回,也不再买新车了!

厂里没了小车,司机小秦干什么? 常务副厂长提出一个问题。厂长念小秦风里雨里为自己驾车近 1 年,感情上有些过不去,便说:让小秦接替人事科长吧,人事科长调走后正愁没有合适的人选。厂领导无人明确反对。于是,还是临时工的小秦摇身一变,登上了人事科长的宝座。宣誓就职后,按照厂长的指示精神,小秦闪电般地为自己办完了转干手续。

小秦高兴得快要疯了,夜里好几次从梦中笑醒。妻不解,问小秦何故。答曰:他当了人事科长! 妻说:她早有所闻,还有什么得意之处? 小秦摆出一副胜利者的姿态,说娇妻不知,他与汽修厂厂长串通,早将厂里小车卖了,赃款 10 万元,汽修厂分了 4 万元,他分了 6 万元! 鬼知道厂里小车压根儿未坏,汽修厂也压根儿未修。妻听罢,吓出一身冷汗。小秦赶紧安慰娇妻不要心惊,说卖车后他立即给厂长送出红包 2 万元,给常务副厂长送出 1 万元,给另二位副厂长各送出 5 千元……妻这才长长地嘘了一口气,说小秦呀小秦真有你的! 小秦就更加扬扬自得,说娇妻让你大长见识了,这叫都赢,都赢了知道不?

酒鬼与酒店老板

酒鬼在酒店里喝醉了。

刚出酒店,酒鬼就在酒店门口呕吐。

酒店老板非常生气:"你怎么在酒店门口呕吐? 多不文明!"

酒鬼瞪了一眼酒店老板:"你说,这酒店的门怎么偏要对着我的口开? 多不明智!"

"酒店的门不是才开的!"酒店老板冷嘲酒鬼。

"那我的口就是才长的吗?"酒鬼也反唇相讥。

人与狮子

　　人在山路上遭遇了狮子。人吓得面如土色、不寒而栗。人想活命，试着扔给狮子一只鸡。鸡在狮子面前失魂落魄、全身哆嗦。狮子却伫立原地、一动不动。人诧异，又扔给狮子一只鸭。鸭在狮子面前六神无主、凄厉惨叫。狮子还是伫立原地、一动不动。人惶惑，再扔给狮子一只鹅。鹅在狮子面前口吐白沫、昏死过去。狮子仍然伫立原地、一动不动。

　　"莫非狮子只想吃人？"人思忖，"跑吧，跑得再快也跑不过狮子；不跑吧，现在只能眼睁睁地等死。"人感到孤苦无助、黔驴技穷。

　　人索性闭上双眼、瘫倒在地，就等狮子扑上来撕咬、啃噬。可出乎意料，狮子还是伫立原地、一动不动。狮子怜悯地看看人、摇摇头。狮子和蔼地说：我不会吃鸡、不会吃鸭、不会吃鹅。当然，也不会吃你！别怕，起来吧！人愕然、狐疑。人问：你是凶猛异常的野兽，咋会有菩萨心肠？狮子笑笑，坦然而答：我今天已吃过一只大山羊。饱了，知足了！

　　谢天谢地！人搓搓手，暗暗庆幸。今天算我走运。如果狮子饿着，我肯定小命不保；现在，趁狮子饱着，我得伺机而逃。

　　于是，人小心翼翼地从地上爬起，十分谨慎地带上鸡、鸭、鹅准备开溜。狮子发现了人的企图。狮子大呵一声"站住！"人立马心惊肉跳、屁滚尿流。人颤抖着，不敢越雷池一步，许久许久。当人斗胆瞥一眼狮子，但见狮子仍伫立原地、一动不动。人这才定一定神、缓过气来。人以为狮子要玩猫捉老鼠的游戏,因为人今天赤手空拳,毫无搏击之力。不料狮子却皱皱眉头:"我有一事不解,你得如实相告。"人只想早点化险为夷,便问:"你有什么问题?"狮子紧盯着人:"你们人总把猎捕动物当成一种时髦的休闲娱乐方式,总喜欢在吃饱喝足之后猎捕动物。猎捕动物之后不是马上吃掉,而是堆好作为战利品大肆炫耀。是这样吗?"人唯唯诺诺:"是这样。""那么,"狮子又问,"你们又不饥饿,又不让动物们休养生息。当你们无休无止地猎捕,杀绝了大大小小、形形色色的各种动物,你们明天又吃什么?还吃得饱吗?"

人的脸霎时变成了红红的罂粟花。

三只壁虎

有只雌壁虎的尾巴冷不防被人钉在墙上。

一只雄壁虎很快爬过来:"我无法拔出这该死的钉子,我只有马上咬断你的尾巴,你得忍着点……"

"你要让她残缺不全?"另一只雄壁虎亦很快爬过来,"你想伤害她,增加她的痛苦?你这是为什么?"

"我爱她,就得赶紧还她自由,缩短她痛苦的历程。"

"不对,爱她就该像我,准备为她送水送食物护理她,一千年一万年任劳任怨,永不变心。"

雌壁虎感动地直流泪,她想:"谁真爱或者更爱我呢?"

招聘启事

　　A厂门外忽然贴出了一张招聘启事:B厂因发展需要,急招:(1)厂长助理1名,待遇:年薪10万元,赠200平方米住房一套,奥迪豪华轿车一辆;(2)工人若干名,待遇:月薪5千元,包食宿,奖金按效益另计。……有意应聘者,请直接与B厂厂长高峰联系,高峰手机号码:……

　　此招聘启事一出,A厂技术科科长刘金便悄悄拿起手机,率先与高峰通话。问过刘金的姓名、单位和职务,高峰热情洋溢地说:欢迎你应聘我厂厂长助理,你的情况我已心中有数,一周后我将约你面试,面试后即可敲定是否聘任,请耐心等待。A厂工人李文久、白阳、邓兴建等暗中也争先恐后地给高峰打电话。在一一问过其姓名、单位和工作之后,高峰同样满面春风地说:欢迎你应聘我厂工人,你的情况我已如实记录,一周后我将约你面试,面试后即可敲定是否聘用,请耐心等待。

　　与高峰联系过后,刘金、李文久、白阳、邓兴建等人便一边默默工作,一边准备面试,一边期盼佳音。与A厂相比,B厂待遇太好、太充满诱惑力了。他们做梦都想自己好运,做梦都想跳槽成功!

　　可约定的日子到了,没有高峰召见,他们却逐一被叫到A厂厂办。厂办主任吴小云分别向他们宣布:从此,他们下岗! 皆十分惊愕:干嘛?吴小云郑重地说:为加快发展生产力,改善工人生产和生活状况,厂里已从国外引进一条先进生产线。生产自动化水平提高后,要相应减少一定数量的工人。又问为啥其他工人不下岗？吴小云笑答：其他工人以厂为家，与厂同甘共苦，没有跳槽打算！再问怎么得知？吴小云诡曰：他们没给高峰打手机，要到B厂应聘！刘金、李文久、白阳、邓兴建等皆大呼上当，但为时已晚。

　　原来，A厂厂长林群深谋远虑：想到厂里效益一旦滑坡，不得不减少上岗工人；再说，厂里要引进国外先进生产线，生产效率大幅提高后，减员也是迫在眉睫之事。减谁呢？全厂员工彼此彼此，工作都还卖力！考虑来考虑去，林群认为最好试试人心。人心向厂者，自然留用；人心向外者，一律下岗！于是，他悄悄口述并请人代写了那份招聘启事，夜深人静之时，嘱其秘密而迅速地贴在A厂门外。所谓B厂厂长高峰，其实就是他A厂厂长林群，只是为了假戏真做，让人深信不疑，他又新购了一部手机，新申请得到了一个手机号码，专供"招聘"之用。而且，平素声如洪钟的他，与应聘者通话时，一律改用了优美动听的男中音……

龟兔紧紧地抱在一起

　　龟兔赛跑。当兔子飞快地跑过终点，乌龟还在离起点很近的地方缓缓爬行。第一次，兔子赢了，乌龟输了。兔子扬扬得意，乌龟心情沉重。

　　第二次赛跑。乌龟使出浑身解数、争分夺秒向前爬行。兔子呢，不费吹灰之力就跑到了离终点很近的一棵大树下。一看乌龟离自己还差十万八千里，兔子索性背靠那棵大树呼呼入睡。一觉醒来，乌龟已神不知鬼不觉爬过

了终点。这一次，乌龟赢了，兔子输了。乌龟欣喜若狂，兔子懊悔不已。

前面的故事家喻户晓，后面的故事就鲜为人知了。

兔子不服，要求再比。大赛组委会采纳了兔子的建议。

比赛开始。兔子表现得优雅大度：每跑一段都停下来等乌龟，等乌龟快赶上来了又起身再跑。乌龟爬得气喘吁吁，丝毫不敢怠慢。兔子却跑跑停停、停停跑跑，悠然自得。兔子吸取上次的教训，绝不躺在半途呼呼大睡。直到跑过了终点，才在终点坐下来等乌龟。这第三次，兔子又赢了，乌龟又输了。

"还不服吗？"兔子嘲笑乌龟。"不服！"乌龟眼珠一转，"谁都知道，在陆地上跑，那是我的短处你的长处；而在水面上跑，则是你的短处我的长处。这赛跑仅在陆地上比，那分明是只拿你的长处比我的短处。如此，公平吗？""那你想怎样？"兔子警惕起来，"你想在水面上赛？""如果仅在水面上赛，那又是只拿我的长处比你的短处，也不公平！"乌龟不慌不忙，"一半陆路一半水路，咱俩同时起跑。谁先从起点到达终点，谁赢！这才公平。你看呢？"兔子不语。大赛组委会觉得乌龟的建议很在理，采纳了。

比赛开始。兔子又箭一般向目的地飞跑。可跑完陆路跑到水边，兔子傻眼了：下水吗？自己不死才怪！乌龟呢，慢条斯理地爬呵爬，爬了好半天爬到水边。一下水，又马不停蹄、自由舒展地向对岸游出。乌龟游上岸到达终点时，兔子仍在半途待着。这第四次，乌龟赢了，兔子输了。乌龟乐开了花，兔子沮丧不已。

从此，兔子恨死了乌龟，遇见乌龟就绕道而行或者怒目而视。

乌龟忐忑不安，要求再赛一次。"这样比，我怎么跑也赢不了。大坏蛋呵大坏蛋，你是存心想让我难堪，要把我气倒！"兔子咬牙切齿，连连摇头。乌龟赶紧和善地笑笑，友好地把兔子拉到身旁，悄悄地对兔子耳语了一阵。兔子心里一亮，点头。大赛组委会也同意了乌龟的请求。

比赛开始。只见乌龟大摇大摆地爬到了兔子的背上，兔子驮起乌龟就向目的地跑出。跑完陆路跑到水边，乌龟从兔子的背上爬下。然后，兔子大模大样地跳到乌龟的背上，乌龟再下水，驮起兔子又向终点游动。最后，乌龟硬是把兔子驮上了岸，它们同时到达了目的地。大赛组委会看痴了。这第五次，只好裁定兔子和乌龟：双赢！

兔子和乌龟都笑了，它们紧紧地抱在了一起……

扶贫

高低毕业于清水小学。毕业后在沿海打工，经过几年积攒，口袋鼓胀起来。听说清水小学还像先前那样贫困潦倒，高低心里难受，决定对母校开展一次扶贫活动。

那天秋高气爽。一大早，校长和几位校领导就守候在校门口，翘首迎接高低光临。来到校门口，与校长和几位校领导一一握手、拥抱，又在他们满面春风的陪同下，大步走进少先队员清越嘹亮的号鼓声中，大步走过学校操场上手舞鲜花夹道欢迎的师生队列，高低感觉自己就像千里迢迢来访的外国元首。在操坪上，校长还发表了热情洋溢的欢迎辞，把高低感动得不知如何是好。欢迎仪式过后，校长又毕恭毕敬地把高低迎进校会客室。会客室内虽然桌椅破烂不堪，但上面仍摆满了各类水果和易拉罐饮料，都是校长专门派人从几十里远的县城买的。校长热情好客，不时将水果和饮料送到高低手中，同时下意识地向高低介绍学校的贫困景况。整整一个上午，高低就像坐在针尖上。好不容易挨到中午，高低想去不远的镇上吃碗米粉，但校长横竖不肯，一定要请他去镇上吃顿快餐，还说已叫好几位校领导和喝酒海量

的老师相陪。他拗不过，去了。快餐的丰盛大大超出他的想象：满桌的野鸭、野兔和野山羊等，还配有名烟、名酒和名茶。他实在不忍享用，说这顿饭不知又可资助多少失学儿童，或者使学校更新多少黑板和桌椅。校长却说话可不能这样讲，你来学校扶贫给学校增光添彩，再穷不能穷招待，再穷不能穷感情，饭还得吃好，酒还得喝好，烟还得用好。云云。吃完饭结账，餐费竟高达 867 元！高低心头一紧，说不清酒下肚了是啥滋味。校长还要约高低玩几场"跑符"，高低不从，婉言相拒。

走时，高低忐忑不安，面露难色："感谢母校给我如此盛情的款待，可我准备捐赠的却只是 20 盒粉笔，价值不足 100 元啦！"说着十分小心地打开肩上的挎包。

校长仍坦然受之，十分感激："千里送鹅毛，礼轻情义重。上次三毛来学校扶贫，捐赠的只有 10 来盒粉笔呢，还有二蛋、马非、黑虎他们……学校一样给予了盛情款待呀！"说着拍拍高低的肩膀，"只要你心里还有母校，欢迎你再来母校扶贫！"

"再来母校扶贫？"握着校长温暖肥厚的双手，高低心里很痛、很苦也很酸楚，但他还是笑了，笑得并不难看。

童心

走出公园不远，遇见一个乞丐，一把鼻涕一把眼泪，正在街边向人行乞。

那乞丐面黄肌瘦、老态龙钟、腿瘸手残、衣衫褴褛，嘴里叼着个破瓷碗，碗里已有些许人民币。

我十分恶心，正欲绕道而行。女儿却拖住我，大声问："爸，那老爷爷在干啥呀？""讨钱！"我告诉女儿。"那我们也给他一点钱吧？"女儿恳求道。"不行！"我摇头回答。"干嘛？"女儿圆睁着眼。我赶紧凑近女儿，冲那乞丐没好脸地说："有人好逸恶劳，想靠行乞致富，所以伪装残疾、伪装穷困、伪装可怜，以此博取善良者的同情和施舍。这种骗人的把戏，报上披露过，我也见得多。"女儿不以为然："行乞的都好逸恶劳、伪装可怜吗？""那倒不一定！"我小心回答。"既然如此，你敢肯定他好逸恶劳、伪装可怜吗？"女儿紧逼一步。"那也不一定！""既然如此，我们何不给他一点钱，可怜可怜他？""万一他是伪装的，我们岂不上当受骗，助长好逸恶劳的恶习？""万一他不是伪装的，我们岂不冤枉了他，错过了一次行善的机会？"说到这里，女儿又抱怨道，"你们大人，总是喜欢把人往坏的方面想。""行了行了，你的意思是无论如何要给他一点钱？""对，即使被骗了，我们也不会留下遗憾。"

我被女儿说服了，心想：女儿在公园玩一天，要花费一百多元呢，给那乞丐一丁点施舍又算什么？再说，女儿的爱心可嘉，值！于是掏出 5 元钱，叫女儿赶紧递给那乞丐。

奇怪的是，就在女儿高举 5 元钱即将奔过去时，那乞丐竟蓦地站起来，拔腿便跑，丝毫没有残疾的迹象。女儿在后边追赶："老爷爷、老爷爷，给你钱！"那乞丐仿佛没听见，头也不回。女儿越喊，他越慌张，跑得越快。

望着乞丐渐渐远去的背影，女儿一脸的无奈和茫然。我忽然明白了：乞丐的良心已被女儿的童心唤醒。这世上，最能征服和撼人心魄的，有时竟是冰清玉洁、天真无邪的童心呵！

第八辑

Jiang Jun De Ping Zi

将军的瓶子

罗索淡写

　　"小保姆真可怜！她回去了，挎着大包小包，很重！乘车到桃源县城之后，还要下车走很远很远的山路，山路坎坷不平。她回去的那天，又下着倾盆大雨……"

　　还没进办公室的门，罗索就迫不及待地说。她今年二十七岁，声音清亮，美貌出众。杨炼本知道来者是谁，但就是不肯抬头，依旧伏在办公桌上，不动声色地做他的报表，一边噼噼啪啪地拨弄着算盘，似乎什么也没听到。

　　"小保姆真可怜！她回去了，挎着大包小包，很重！乘车到桃源县城之后，还要下车走很远很远的山路，山路坎坷不平。她回去的那天，又下着倾盆大雨……"

　　见杨炼静若玻璃，毫无反应，走进办公室后，罗索提高嗓门，又说。这次，杨炼有些难为情地抬头看了看她，还是不知说什么好。但就是这样一个动作，却给了罗索诗一般的感受。她有些异样地激动。

　　"小保姆真可怜！她回去了，挎着大包小包，很重！乘车到桃源县城之后，还要下车走很远很远的山路，山路坎坷不平。她回去的那天，又下着倾盆大雨……"

　　走到办公桌旁，罗索目不转睛地望着杨炼，再一次诚恳地说，她实在不相信自己的话在杨炼的心中就激不起波浪。她一直不忍坐下。

"其实，小保姆压根儿就没有必要背那么沉重的包袱，要是我，宁愿一丝不挂地回去，何苦呢！"终于，金口玉言的杨炼再也沉不住气，望着报表和算盘珠子，他若有所思地说。

"那怎么行呢！人家辛辛苦苦地帮我们带孩子，一年了，要知道是一年，又值春节，我们能不给她多买点东西，打发她上路吗？"

"哦，原来是这样！"

杨炼有些感慨，好像到最后，他才明白什么。此时，他下意识地打量了一番罗索，带着一种研究学问的深沉。

官道

某地甲、乙两县比邻，自然环境也很相似。

甲县高度重视水利建设。风调雨顺之年就发动广大干群兴修水利，大建农业水利基础工程。乙县则只顾眼前、高枕无忧，丝毫没有水利建设的概念。

两年后，雨季来临。暴雨倾盆，下了一个月还不罢休。

乙县洪涝肆虐、灾损严重。十万火急，逼上梁山，县委书记只好亲赴一线，指挥抗灾补损。甲县由于水利建设未雨绸缪，水利工程作用凸显，灾损甚微，各项工作仍按部就班、正常运转，县委书记也就镇定自若，无需深入基层，指挥抗涝救灾。

结果,乙县县委书记几乎每天一身雨水一身泥,身先士卒,马不停蹄地奔走于田间地头。自然,市电视台也几乎每天都有他的身影和报道。而甲县县委书记,因为抗灾补损没有惊人之举,那段时间也就几乎未上电视。

雨过天晴,送走灾神。

因为救灾补损工作事迹突出、成效显著,乙县县委书记被破格提拔为副市长;而甲县县委书记,因抗涝救灾工作无声无色,个人宣传也少,仍在原地踏步。

瞎子打灯笼

有个瞎子,每晚必外出,外出必打灯笼。

某人大感不解,便在路上拦住瞎子,下意识地问:"你又看不见,打不打灯笼,还不是一样?"

"当然不一样!"瞎子认真地回答,"虽然我看不见,可绝大多数人是正常人,正常人看得见!"

"那又如何?"某人依然皱眉。

"很简单,"瞎子只好开门见山,"只要正常人看得见,那么,即使漆黑的夜晚,也不会有人撞倒我吧?而且,只要同路,我还可以为他们照明,让他们大胆前行,不好吗?"

"这……"某人一愣,脸烫得像火烧一样。

金戒包在饺子里

厂子垮了夫妻俩也下岗了。下岗了怎么办？夫妻俩一咬牙，把所有的积蓄拿出来开了家饺子店。起初饺子店的生意还不错，可近来却越来越冷清了，夫妻俩急得像热锅上的蚂蚁，团团转。

屋漏偏遭连夜雨！就在夫妻俩闷闷不乐烦恼不已之时，妻子的金戒指又不知什么时候弄丢了，那还是夫妻俩热恋阶段，丈夫特地送给妻子的定情礼物。

妻子难过得几乎泪如雨下。丈夫的心里也疼，但丈夫毕竟是男人，男人应该大度，男人不会疼在脸上，于是丈夫从容不迫地劝妻子说："店子里里外外我们都找遍了，还是没找着，是不是一不小心包在饺子里了？"经丈夫这么一指点，妻子的眼睛唰地亮了。妻子转悲为喜，十分急切地说："那我们赶紧把所有的饺子打开看看？"丈夫并不赞成，丈夫却说："打开所有的饺子多烦！我们累得还不够吗？不如，索性让别人帮我们吃出来？"妻子将信将疑："真能吃出来？"丈夫盯着妻子："也许可以！就算吃不出来，打开饺子去找也是白搭。"妻子一想也是，便依了丈夫。

很快，丈夫就在饺子店前贴出了一张醒目的告示："因生意火爆，忙乱之中，本店女主人的金戒指不慎包进了饺子里，为了答谢顾客们对本饺子店的青睐与厚爱，今后不论谁吃饺子时吃出了金戒指，我们都忍痛送给他（她）

作为纪念。只是,恳请各位吃饺子时,千万不要太性急,如若不慎让金戒指卡住了脖子,本店概不承担任何责任。"

妻子斗大的字识不了几个,也无心去看告示上在说什么。

围观的人越来越多。告示的内容一传十、十传百,饺子店里又热闹起来。

每个吃饺子的人都很留心,妻子也十分紧张地扫视着店子里每个吃饺子的人。可吃饺子的人走了一批又一批,就是不见有谁吃出了金戒指。

这天忙碌完后,妻子终于不安地问起金戒指来。"金戒指是吃不出来了,它压根儿就没包进饺子里。"丈夫不紧不慢地说。妻子惊讶了:"那怎么办?"丈夫回答:"还能怎么办?它就在我的上衣口袋里!"说完得意扬扬地掏出那枚金戒指,双手捧着将它还给了妻子。妻子的目光一亮,高兴得不得了。

"金戒指肯定是你存心藏着的,干嘛骗我?"稍稍平静下来,妻子嗔怪丈夫说,"看你把我急得……"丈夫就嘿嘿一笑:"不是想吃出金戒指,会有那么多顾客光临我们的饺子店?早让你知道金戒指让我藏着了,你会那么虎视眈眈地注视每一个吃饺子的顾客,让他们都信以为真?"

妻子这才恍然大悟。她十分怜爱地用手点了点丈夫的鼻尖:"你呀,你!"

爱的谎言

算命那当儿,夫妻俩谎称兄妹。

"妹"先算。报过生辰八字,瞎子说:"大姐,你的婚姻最多可持续2年,很快,将有一大款追你,你们相见恨晚,暗度陈仓……"

然后"哥"算。报过生辰八字,瞎子说:"大哥,你的生意迟早要栽,虽然现时红火,但发财与你无缘。这辈子,也不会再有真心爱你的女人,还是踏踏实实干事业好!……"

算完,"哥"捏了一把汗。从此生意不做,又去攻他的电脑。对妻子也好了,体贴、关心、爱护,什么都做,还再三恳求妻不要朝秦暮楚。妻说念你恩爱有加,就与命运对着干,成全你吧!两人鱼水相依,手足同情。夫的《简易快速高效电脑程序语言》一书亦很快发表,而且引起了不小的轰动。

但好景不长,妻终于遇上了车祸。临死前,想妻本该跟某大款红红火火过日子的,却因与命运为敌,落得结局凄惨。夫泪飞如雨,十分内疚地对妻子说:"早知我会害了你,我该成全你的。""哪儿的话,"妻两眼放光,"那是我与瞎子事先'串通',瞎子照我的意思说的。那时,你因手头有了钱就当家庭是旅馆,我真担心你寻花问柳,怕失去你啊!"

夫便哭得更伤心了。

你为什么不早说

清风徐来,鸟声啁啾。眼前的景色不错,伊蕾的心情也好。现在,她独自在松涛公园的一隅散步,尽情享受这自由自在的美妙时光。

忽然,伊蕾感到自己背上正有尖锐的东西在顶。轻轻回过头来,才发现自己遭遇了盗贼。盗贼手里的钢刀明晃晃、冷飕飕的。

盗贼凶神恶煞似的瞪着伊蕾："识趣一点，就不要让我动手。我若动手，你定要流血。听着，乖乖地把金项链取下来交给我……""我的天，羊怎么斗得过狼？"伊蕾脑海中闪过一个念头。慌乱中她颤抖着取下颈上的那串项链。

盗贼麻利地收好钢刀，一把夺过这金灿灿的宝贝，大摇大摆地扬长而去。望着盗贼鬼魅似的背影渐行渐远，伊蕾惊魂未定，好一阵心情才平静下来。然而出人意料，那盗贼不但不担心她报警，不但不趁早溜之大吉，反倒恼羞成怒、咬牙切齿地折转回来，把金灿灿的项链狠狠地朝地上一扔，气急败坏地冲伊蕾咆哮："臭娘们，老子悄悄跟踪你好半天，费了九牛二虎之力，得到的竟是一串假冒货！既然知道它是假的，你怎么不早说？你安的什么心？"说着眼睛瞪得如牛大，仿佛要吃了她。

伊蕾并没打算躲开，她纹丝未动地钉在原地，昂起头问盗贼："你怎么肯定这金灿灿的项链还会有假？"

"臭娘们，你还想耍我？我去过公园门口的那家珠宝店，他们鉴定的结果会假？再要骗我，找死啊你！"盗贼把牙齿咬得格格响。

伊蕾仍然面无惧色、昂首挺胸："这位兄弟，我们夫妻俩都是下岗工人，哪有钱去买真金项链？但是丈夫真的爱我，弄串假的给我戴上，以假当真，让我体验体验、自我陶醉一下都不行吗？人活在世上，谁都有追求美好和感受高贵的权力吧？"

"这……"盗贼一下愣住了，"你，你怎么不早说呢？"

"我早说？"伊蕾心想，"我早说你会信吗？你还不……"

盗贼低下头，将项链从地上捡起来，塞进伊蕾手中。伊蕾接过项链，轻轻地说："这位兄弟，我看你身强力壮的，去找份正经事做吧，干什么都能养活自己，都比干这个要强得多呀……"盗贼眼里有了一丝愧意，却没敢正眼看她，低着头用含糊的声音说了句"对……对……对不起了……"然后，撒脚就往公园门口跑去。

这时晚霞绚丽，公园的林荫道上也撒落了一层黄灿灿的碎金。

处分

因为工作出了大问题,上了中央电视台《焦点访谈》,在全国产生了不小的负面影响,县委决定:对负有直接领导责任的某办主任李森给予免职调离处分,并通报全县,以儆效尤。

李森调走后,县委很快任命高璨为某办主任。县委书记杨墅并当面告诫高璨:他主管的工作很特殊,肩负的担子非常重,一定要千方百计,绝对确保不出大问题。不出大问题就是大政绩。

高璨牢记杨墅的告诫,注重防范,强化整治,不仅工作未出问题,某办还连续 5 年被评为县里和市里的目标管理先进单位。

邪了,邪了呵!李森心乱如麻、愤愤不平。越来越嫉妒、越来越仇视高璨,巴望高璨快点弄出大问题,比自己栽得更惨。唯其如此,方能说明他李森不是孬种,而是工作实在难做。

可事与愿违:又苦等 3 年,8 年抗战,他狗日的高璨仍不出问题。不仅不出问题,还风光得很,年年受到县里和市里的表彰。这不是存心要泼李某的冷水,打李某的颜面吗? 8 年来,虽然每次遇到高璨,李森都满脸堆笑。不仅堆笑,有时还赞美高璨几句。可实际上,李森的牙龈都咬得出了血。

李森没有丁点理由怨恨县委,县委对他已是仁至义尽。出事才一年,就重新任命他为某局局长,职级恢复到从前的档次。可人活一张脸,树争一块皮，李森就是咽不下这口气。他盼星星盼月亮，就盼高璨出问题。谁叫他接替自己呢？虽然曾经是好朋友，好朋友又能怎样？

等啊等，熬啊熬。终于，机会来了，天亮了！《××日报》在头版发了篇通讯，盛赞高璨在全国性文学大赛中不断获奖，作品经常被《小说选刊》等全国权威性文学选刊转载，入选《中国新文学大系》等全国权威性文学选本，还马不停蹄地公开出版了6本文学专著，成了全国有影响的当红作家。

这还了得！爬格子、弄文学根本不是高璨的本职工作。他如此投入文学创作，难道不是不务正业？不务正业难道不是个大问题？痛快之余，一夜未眠，写了封洋洋洒洒、尖锐犀利的告状信。第二天一上班，就兴冲冲地当面递交杨墅，巴望县委从重从快地处分高璨，至少给他个警告或公开批评！

你是说高璨有问题？接过告状信，杨墅把李森上下打量一番，放心吧，我会安排有关部门深入调查，实事求是地做出处理。听到这样的表态，李森的心里很爽，脚底生风地迈出杨墅的办公室。

路上再遇高璨，李森还是满脸堆笑。可这笑却让高璨感觉坏坏的、毒毒的。高璨就想，难道要发生什么不测？会有什么不测呢？天要下雨，随它去吧！

想到发生不测，还真就有些灵验。县委派人调查高璨从事文学创作的情况了。不过调查组不是来自纪委而是宣传部。

听说县里在专题调查高璨，李森的心里比喝了蜜还甜。那阵子，李森干什么都有劲，感觉如春风拂面。李森幸灾乐祸地想：你他妈的高璨，终于要倒霉了！智者千虑，必有一失！你也有今天？要受处分？嘀嘀！

调查如期结束。可调查结束后，县里却沉寂了一段时间。

咋回事呢？李森感觉奇怪，心里擂鼓似的不安。

大诗人杨炼有诗云：或许召唤只有一声，最嘹亮的，恰恰是寂静。

又让杨炼言中了！县里不仅未给高璨任何处分，还要宣传部郑重地向市里推介高璨的文学创作成果和刻苦勤奋的学习精神。结果，高璨又评上了市里的"学习之星"，受到了市里的隆重表彰。市里还号召全市党员干部

向高璨学习,争当勤勉笃学的楷模。

真他妈的颠倒黑白! 宛如晴天霹雳,李森被震呆了。

怎么好事都落到了这个狗杂种头上? 醒来,李森愤愤不平,又心急火燎地去找杨墅。

杨书记,高璨不务正业,怎么还……? 李森的脸涨得通红。这个嘛,杨墅盯着李森问,伟大领袖毛主席是不是不务正业? 怎么扯上毛主席啦? 李森皱眉。杨墅就笑笑,因为呀,毛主席也搞文学创作,还是伟大的文学家! 你没听说吗,即使战火纷飞的年代,在马背上,毛主席也吟诗作诗呢! 身为咱们的最高领袖,毛主席是不是不务正业? 这——李森哽住了。如果毛主席没有不务正业,那高璨还是不务正业吗? 根据调查,高璨的文学创作是在业余挤时间搞的,没有影响正常工作。这些年,他们单位的工作年年被评为县里和市里的先进! 你设身处地地想想,县里怎么处分高璨呢? 杨墅下意识地反问。

李森努了努嘴,无语。可从杨墅的办公室里出来,李森的脸却黑了。

此后,李森就莫名其妙地病了,病得不轻……

鹿战

不知道是哪个年代的故事了,反正当时诸侯割据,群雄林立。

时间一长,各诸侯国有盛有衰,其中北方的齐国与南方的楚国势均力敌,齐王与楚王都成为当世两大霸主。齐王是个有野心的人,他一心想独霸天下。要称霸必须除楚,但楚国军事力量强大,想用武力征服,并无胜算。为此,齐王常常食不甘味,寝不安席,长了一嘴的燎泡。

有一次,齐王与大臣仲渊闲聊,聊着聊着就聊到了齐楚关系上。齐王说:"齐楚之战是迟早的事。他楚国战将如云、军力强悍,两国开战,还不知鹿死谁手。您智谋过人,可有良策?"

"孙子兵法上说,不战而屈人之兵,善之善者也。"仲渊献策说,"大王,您就高价收购楚国特产的鹿吧?"

"高价收购楚国特产的鹿?"齐王大吃一惊,"此招管用?"

"大王放心,管用!"

仲渊是名相,谋略过人,深得齐王信赖,虽齐王心存疑惑,见仲渊胸有成竹,便依计行事。

听说齐国要高价收购楚国的活鹿,这可乐坏了楚王。他迫不及待地招来宰相敖安,眉飞色舞地说:"钱这东西人人喜欢,也是国家生存和发展必需的。而活鹿,楚国多如牛毛。退一万步而言,即使压根儿没有也无所谓,此物不过是禽兽耳。现在,齐国高价收购活鹿,这是楚国的福音、福音啊!齐王这个大傻帽儿心甘情愿地让我们占便宜,此乃天赐良机!你赶紧发布命令,动员全国各地火速猎捕活鹿吧!我们一定要尽快把齐国人的钱都赚进楚国人的口袋,赚得满满当当的!你看呢?"敖安听得连连点头、随声附和。

很快,楚国大地风起云涌,掀起捕捉活鹿的高潮。

目睹一批接一批的楚国人送来一群又一群的活鹿,仲渊窃喜。

"大王,您再赏赐赏赐捕鹿有功的楚国人吧?"仲渊又向齐王进言。

"赏赐?我们已经是天价收购啦!"齐王大愣,"为什么还要加赏赐?"

"要加赏赐。凡一次向齐国出售20只活鹿者,赏银10两;一次出售200只者,赏银100两……"仲渊掷地有声地说,却并不解释缘由。

齐王欲言又止,心想:仲渊啊仲渊,你这葫芦里到底卖的什么药?

虽然心中不解,齐王还是表现得很慷慨,"好,依丞相所言,给楚人赏赐!"

　　于是,接踵而至的楚国人押着一群又一群的活鹿风风火火急赴齐国,接踵而至的楚国人领了赏银,招摇过市返回楚国。

　　楚国沸腾了!无论男女老少,无论官员百姓,皆激情燃烧,倾巢出动。皇亲国戚、公子王孙也跃跃欲试,一窝蜂地进山捕鹿。漫山遍野都是鹿们在惊恐地奔逃,漫山遍野都是铆足了劲捕鹿的人群……

　　楚国虽然盛产野鹿,但毕竟数量有限。没多久,山林里的鹿就捕光了,可齐国仍在敞开大门高价收购,且加大了赏赐的力度。

　　鹿价高涨,种草养鹿一本万利。很快,老百姓都自觉地开始了种草养鹿。楚国全境又人声鼎沸,掀起毁田种草、弃农养鹿的热浪。待楚王和敖安感觉不对时,楚国大部分的良田都摇身一变,成了像模像样的养鹿场。

　　仲渊闻信大喜,赶紧向齐王进言:"大王,现在停止收购楚国鹿!"

　　"下一步怎么做?"齐王追问。

　　"准备伐楚!"仲渊斩钉截铁地说。

　　"伐楚?"齐王皱眉。

　　"对,伐楚!"

　　"说说你的理由。"

　　"这么长的时间啊,楚国上下都在捕鹿养鹿,他们既毁良田,又误农时,现在已是人心散漫,粮库空虚!"

　　"可他们卖鹿赚大了,国库里有的是钱!"

　　"如果咱们让他们买不到粮呢……"

　　"唔,好主意!"

　　"大王想一想,我国是楚国最大的邻国,我国粮食储备充足,当然不会卖粮给楚国。而楚国向来以大国自居,周边其他小国家早对楚王恨之入骨,只要我们发出伐楚号令,他们就算不愿与我国合作,也必然会封锁城门,不会出手援救楚国,到时候我们再发精兵拦截楚国的运粮军队……"仲渊的陈述有板有眼,齐王听得频频颔首。

　　风云突变、灾祸临头,楚国一下乱了方寸。

卖鹿？再便宜齐国也不买了。买粮？出再高的价齐国也不卖。楚王派人四处购粮，一出境就被齐军拦截……粮荒导致楚国人心不稳，社会动荡。未出 3 年，就有近半的楚国难民逃往齐国。一年之后，楚国元气大伤，战力锐减，不得不委曲求全，向齐国俯首称臣。

将军的瓶子

　　宋太祖赵匡胤神呵！只一曲"杯酒释兵权"，就让叱咤疆场、战功赫赫的大将军周侗欣然交出兵权、解甲归田。

　　解甲归田后的周侗百无聊赖，竟渐渐喜欢上收藏，并发展到痴迷古董，视古董如同生命的地步。

　　为了博得周侗开心，夫人也夫唱妇随、鼎力相助。很快，周侗家里的古董就林林总总、排列有序。

　　但周侗最珍爱的古董却是一只精致的小古瓶。每晚，只有看一看、摸一摸这只古瓶，周侗才能心满意足、安然入睡。周侗也乐于在亲朋好友面前炫耀这只古瓶。如果有人夸赞，他更会满脸的阳光灿烂。

　　有天，一群朋友慕名来到周侗家中。周侗又兴致勃勃、如数家珍地向朋友们一一介绍自己的藏品。可当他小心托起那只古瓶，准备浓墨重彩地向朋友们推介，一不留神，古瓶忽然从手中滑落。情急之下，周侗赶紧弯腰、伸手，迅雷不及掩耳地抱住古瓶。因为反应敏捷、出手平稳，古瓶不仅没有落

地,而且毫发无损。尽管如此,周侗仍吓得面如土色、全身冒汗。

此后,周侗开始神情恍惚、食不甘味。起初,夫人还不在意。可经常如此,夫人就心急火燎、坐不住了。

怎么会这样呢? 要不,咱赶紧请大夫看看? 夫人关切地问。

别紧张,都是晚上睡不好所致,不必大惊小怪! 周侗安慰夫人。

又没烦心事,怎会睡不好? 夫人追问。

周侗便直言相告:自从上次朋友们来家中欣赏藏品之后,晚上他就老是梦幻绵绵。有时梦见古瓶不慎落地,摔得粉碎;有时梦见盗贼入室,偷走古瓶;有时梦见房屋垮塌,古瓶被砸……唉! 总担心古瓶不保,所以……

哦,原来这样! 夫人一副漫不经心的模样。悄然转身,不动声色地走进那间藏品室。

趁周侗不备,夫人眼疾手快,找到并抓起那只古瓶,狠狠地朝地上摔去。只听"嘭"的一声,古瓶立马摔成了碎片。

周侗闻声而至,见古瓶已成满地的碎片,不禁咬牙切齿,高高地扬起巴掌。可耳光尚未扇到夫人的脸上,自己旋即面如死灰、晕倒在地。

夫人惊惧,赶紧伸手相扶,并唤来儿女,将周侗弄至床头。

几天煎熬,几夜沉寂。数日之后,周侗的气色终于变好,人也精神起来。

夫君,真对不起! 我那是一时失手。现在,你——你——还——怨我吗? 夫人又心疼又欣慰。

一时失手? 周侗审视着夫人,摇头叹道,你跟我大半辈子,什么时候不是和风细雨、谨小慎微? 怎么那天就粗枝大叶、判若两人了呢?

我也是为你好呵! 从周侗的眼神里,看到自己的谎言已被识破,夫人干脆像个哲人似的说:夫君,你之所以常做噩梦,精神萎靡,是因为你太迷恋古瓶、患得患失! 长痛不如短痛。我狠心摔了古瓶,你就没了古瓶之累;没了古瓶之累,是不是反倒解脱了、轻松了?

是呵! 周侗略一思忖,继而感叹。

此时,他简直不敢相信,一个决胜千里的大将军,戎马生涯大半生,不知经历了多少血雨腥风，闯过了多少刀山火海，总能镇定自若、视死如归，怎么一只小小的古瓶，就会让自己牵肠挂肚、魂不守舍呢？

艺术品

Q老板发了大财，Q老板还想发更大的财。通过拉扯关系，Q老板认识了位高权重的P市长。P市长握有不少工程，每讨要一个，都能摇身一变、成为千万富豪。

Q老板左思右想，决定先给P市长送个百万元的红包：一者向P市长显示自己的阔气，二者牢牢拴住P市长的芳心，三者向外人炫耀自己的靠山。等工程到手，然后再……Q老板得意扬扬，径直去了P市长办公室。

不想红包尚未出手，P市长就一本正经："行贿受贿都犯法，都要受到法律制裁！"勒令Q老板立马收回。Q老板慌了，好说歹说别无他图、只想建立友谊。"那好，"P市长退步了，"鄙人偏爱艺术品，那可是高雅的人生追求。你既然心诚，就送一幅湘绣清明上河图给我吧！"Q老板喜形于色："那行、那行，请问上哪儿去买？"P市长拍拍脑门："好像在tt宾馆，你再打听打听！"

Q老板风风火火赶往tt宾馆，一打听，还真有卖艺术品的。"请问，有湘绣清明上河图吗？"Q老板迫不及待。"有！"Q老板心中窃喜："那，多少钱一幅？""80万元！""这么贵？"Q老板一愣，"便宜点吧？""不行，

贴着大地行走

非一般人享用之珍品,而且只此一幅,你不买也罢!""那好、那好!"Q老板软了,心想毕竟比送红包要少20万元,而且P市长随便给个工程,旋即就……羊毛出在羊身上!就咬咬牙,狠心买下了这玩意。

翌日,Q老板心急火燎地拨通P市长电话,要去P市长办公室献宝。P市长却连说正忙正忙,抽不出空,要等几日再约。

隔几日,Q老板终于找到了P市长。几句客套话后,Q老板小心翼翼地从包里掏出那幅清明上河图,双手托举毕恭毕敬地呈献P市长。P市长眼睛一亮,立即接过去仔细鉴赏。可看着看着,P市长就大惊失色了:"假的,200元都能买到!谁这么缺德,赶快去找他!"又绘声绘色地告诉Q老板假在哪里哪里。Q老板听罢脸色铁青、两眼发黑:"狗娘养的,天打雷劈!"一边在心底咒骂,一边直奔tt宾馆。

可宾馆服务员漫不经心地告诉Q老板,卖艺术品的人早走了。Q老板全身一冷,通过查看身份证登记,记下那人的姓名和住址,赶紧又去外地寻找。可寻来寻去,Q老板碰了一鼻子灰:那人租住宾馆用的身份证也是假的,到哪儿去找呢?

忽然想到是P市长介绍的。Q老板百般无奈,又抱着最后一线希望去找P市长:"您认识卖清明上河图的吗?""不认识!"P市长静如止水,"我也是前不久在tt宾馆开会时偶尔听说的。怎么,还没找着?买这艺术品花了多少钱?""100万元!"Q老板仍很慷慨,"钱不是大数,可被骗被宰,心里愤怒!"P市长欷歔再三:"你做生意挺精明呀,怎没想到请个内行同去、帮你参谋指点?"Q老板叹曰:"一时大意、一时大意哟!"

Q老板悻悻而去,P市长暗自庆幸。原来,卖清明上河图者乃P市长铁杆朋友。清明上河图成交当天,此人就感激不尽地给P市长送去了30万元回扣,还说是按老规矩五五分成。

但旋即,P市长就愁眉不展了:卖图者说只卖60万元?而买图者说花了100万元?真是艺术品呵!

第九辑

Zui Jia Zhi Hou

醉驾之后

记得那时

辛笛是星河小学三年级的学生。

一天放学，背着书包蹦蹦跳跳地回家，忽然眼睛一亮，他发现了路上躺着的 7 元钱。

"是谁不慎掉下的呢？"辛笛的胸口突突突地跳得厉害。要知道，那可是 5 分钱就能买到 1 个鸡蛋的六十年代！

机警地环顾四周，无人！辛笛赶紧弯腰去捡。揣进口袋乐陶陶地回到家中，好几次话已溜到嘴边，却被辛笛狠狠地吞回肚里，硬是没让爹妈知道自己捡钱的事儿。

"多不容易捡到！ 7 元钱绝不是小钱呵！"晚上，辛笛翻来覆去地睡不着，他太兴奋了。

"拾金不昧！""学习雷锋好榜样！"不知怎的，辛笛的脑海中又突然冒出这样的念头，"捡到钱不交是可耻的！至少也说明自己的思想觉悟低呗！所以，明天一上学，就得把钱交给班主任曾卓老师。"

"可是，7 元钱全交吗？"辛笛又的确舍不得。"怎么办呢？"辛笛转眼一想，决定只向曾老师上交 3 元，余下的 4 元则自己揣着。"这样，既赚了大头，还可得到老师和学校的表扬，何乐而不为呢？"

于是，第二天一上学，开课前，辛笛就悄悄找到班主任曾老师，把在路上

捡到的 3 元钱大大方方地交给他。

果不其然,上课的铃声刚刚响过,曾老师就笑容可掬地迈进教室,竖起大拇指赞不绝口地表扬了他,同学们也向他投来极度赞许的目光。

不仅如此,课间操时,校长孔孚还当着全校师生的面,浓墨重彩地推介辛笛,号召全校师生向辛笛学习,时时处处大公无私。

学校的宣传栏里也贴出了文章:《学习辛笛,做雷锋式的好学生!》评论文章的四周,还贴满了同学们热情洋溢的心得和誓言!

如此一渲染,辛笛就忐忑不安了。捏捏自己口袋里私藏的 4 元钱,他的脸上又烫又红。"哪里是雷锋式的好学生?哪里值得全校师生们学习呀!"他感到羞愧。

"可再把 4 元钱交给曾老师吗?"辛笛冷静一想,"老师、同学还有孔校长又会怎样看我?哦,原来辛笛也是自私自利的孩子!他哪里时时处处大公无私?不行!这可不行!"

"那么,就说自己又捡到了 4 元钱?鬼才信呢!就你辛笛能捡钱?同学们都捡不到?"思虑再三,辛笛决定,索性不上交那 4 元钱。

但接下来辛笛又寝食难安了:"自己不配老师、校长和同学们的赞扬事小,更可怕的是,这样私心作祟做坏事,怕要遭报应的!'善有善报,恶有恶报'。爹妈经常这样念叨呀。"

"怎么办呢?"经过一番苦思冥想,办法终于有了。

第二天,赶在同学们之前,辛笛悄悄把 4 元钱"掉"在了放学回家的路上。辛笛觉得这一招既无私又高明:"不仅 4 元钱'交'出去了,还让别的同学捡到钱交给老师后,得到老师和学校的表扬,自己该是做了件好事吧!"

可是一天过去,学校里没有同学得到表扬;二天过去,依然没有;一周过去,也没有;直到最后,还是没有!

辛笛就深深懊悔了:"一定是有同学捡到钱后肥私了!早知这样,自己真该把那 4 元钱都买糖果,分发给全校的师生们吃。如果有人问起缘由,就说是叔叔、舅舅们高兴时给的。这样,即使不算做好事,退一万步要遭报应,那大家都来承受吧,反正又不是我一个人!"

想到这里,辛笛狠狠地拍了拍自己的前额:"唉!"

如果不报案呢

咚、咚、咚,传来敲门声。从猫眼里,金铃子看到了站在门外的夏午和杨麟,不假思索便开了门。

"有事吗?两位帅哥。"金铃子和颜悦色地问,一边请他们在沙发上坐。

他们却不从。关上门,夏午就盯着金铃子,杨麟则去房间里转。

很快,杨麟发现了主卧室里的保险柜。"嘀,好大的钱箱,我们发财了!"杨麟眼睛发亮。

"是吗?"夏午一脸的灿烂。

"当然!"杨麟应道。

夏午立即拔出寒光闪闪的尖刀。

金铃子十分惶遽:"要干什么?你们——你们可是小区保安!"

"保安怎么啦?保安就不是人?就不想发财?快,少啰唆,乖乖地打开保险柜!不然——"夏午凶巴巴地把刀子架上金铃子的脖颈。

金铃子心惊胆战,掏出钥匙,无奈地打开保险柜。

夏午和杨麟把钱财洗劫一空,扬长而去。

"杨哥,你说金铃子会报案吗?"分罢钱财,夏午不无担忧地问。

杨麟觉得滑稽："你这人怎么啦？我说过，金铃子的老公李森白是焦煤集团董事长，她家的巨额钱财肯定是贪污受贿、来路不正。报案？她就不怕东窗事发？"

"我想也是。"夏午若有所思，"除非——除非她是——一头蠢猪！"

两人哈哈笑过，脚底生风，各回各的家去。

可望着空空的保险柜，金铃子却越想越气。"不报案吧，两个狗保安尝到了甜头，以后会有恃无恐；报案吧，又怕节外生枝害了老公。"经过一番思虑，金铃子咬牙去了派出所，声称被盗钱财只有300万元。她想300万不多，属于家里的正常收入，应该不会出问题。而两个狗保安，不敲打敲打怕是养虎为患！

果然，派出所按图索骥，不费吹灰之力就逮到了夏午和杨麟。

夏午和杨麟猝不及防，突然从美梦中惊醒："金铃子呵金铃子，你她妈还真是——一头蠢猪！我们这下可是倒了八辈子霉！既然如此——"

夏午和杨麟毫不犹豫，如实交出了所劫钱财。

当把他们交出的人民币、港币、美元、欧元、金条、名表、钻戒和项链等逐一清点、汇总之后，派出所也惊呆了：天，哪里只300万元？分明有近5000万之巨！

李森白就这样栽了。不仅乌纱帽被摘，自己还进了监狱。

"你怎么这么蠢呵！"金铃子探监时，李森白气冲冲地。

"有什么办法？"金铃子泪光闪闪，"我不报案吧，他们得不到惩戒，必定故伎重演，甚至变本加厉。"

"那也未必！如果他们一次就吃饱了，躲着过日子去了呢？"李森白瞟了金铃子一眼。

"又如果，"金铃子盯着李森白，"他们也像你一样，胃口越涨越大，贪心难收呢？"

"你怎么这样说话？"李森白抱怨，"你不能少报被盗钱物吗？少报就是我们家的正常收入！"

"我只报 300 万啊！"金铃子几乎哭丧着脸。

"那公安怎么认定了 5000 万？"李森白一愣。

"两个猪保安，真蠢，蠢啊！竟一股脑儿全交了，如果他们也很贪，只交一点点，不就……"金铃子想不明白。

李森白却开窍了："你呀，就不该报案！"

"不报案咋办？"金铃子追问。

"退财免灾！以后再把钱财统统藏在别处，不放在家中不就行了？"李森白点拨道。

金铃子大悟，继而后悔不已。

更进一步

每次开会，局长 A 落坐前，局办公室主任 S 都要用自己的衣袖和衣角反复擦抹、揩净 A 的坐椅；上、下车前，S 都要恭恭敬敬站在车旁，欠着身子一手护着 A 的头顶，一手利索地为 A 打开车门。A 看在眼里，爱在心头。不久，S 就摇身一变，升任常务副局长。

新任办公室主任 J 欲与 S 赛拍，比 S 更进一步。有回，局下属一企业在某酒店设宴款待 A，J 坐在 A 的身旁作陪。当 A 刚喝下第一口酒，J 就急忙用餐具夹起一块虎肉，咬一口尝尝后，将其郑重送至 A 的碗中。见 A 打量他并未作声，片刻，J 又用餐具夹起一根鹿腿，啃一口尝尝后，将其小心

送至 A 的碗里。此时，A 不禁诧异了："J 你这是……？"众目睽睽下，J 满脸虔诚："为了领导的安全与健康，先检验检验菜肴的味道与卫生，再……""哦……"A 略一思忖，茅塞顿开。

翌日，A 就冷不丁地摘下 J 的主任官帽，让 J 做了局档案室的档案员。

J 愁眉不展、郁郁寡欢。某日悄悄请教 S："我为 A 服务比你更进一步，干嘛你能升官，我却被贬？"

S 俨然一位深沉的导师："物极必反。对有的领导，在有些场合，做某种事情，千万只能适可而止、适可而止哦！"

J 惊得呆了。

笑

似乎天天有喜事，无论遇上谁，墨局长都是一脸的明媚、一脸的笑意。让人感到，他总是很乐观、很亲切的。

可前不久去了趟华山，回来，墨局长就像变了个人。人们对他也陌生了。

局里开会听取仲、车、鲍三位副局长的工作汇报。走进会议室，墨局长就未张嘴，只平静地向各位点点头；听汇报时，一直是右手握笔在笔记本上沙沙沙地记过不停，没有开口；听完汇报工作指示，才用左手轻轻捂着嘴，右手小心比画着，认真而谨慎地讲话。会上，墨局长脸上始终没有平易近人的笑容。而以往，他都是谈笑风生，很幽默、很诙谐的。

仲、车、鲍三位副局长就禁不住惊恐，就联想是不是墨局长外出期间，他们的工作没有做好？尤其仲副局长，他是常务，那段时间，局里的工作由他主持。工作没做好，他要负主责。想到这里，仲副局长额上就沁出汗滴，就有些如坐针毡。可自己的工作又有哪些错失？他苦苦地想，是不是还有墨局长的亲信悄悄向墨局长打过小报告？

　　办公室千主任无疑是墨局长最铁的亲信。过去墨局长给千主任的笑，就像一个怜爱儿子的父亲给儿子的笑，秋阳般生动感人。可打华山归来，在局机关第一次碰到墨局长，千主任毕恭毕敬、满面春风地向他打招呼，墨局长依然没有笑，只平静地点点头，就匆匆进办公室了。千主任本想找墨局长汇报的，小心翼翼跟到墨局长的门前，又若有所思地转身离去。千主任想：是不是墨局长听进了小人的谗言，不相信甚至要疏远自己了？

　　听到墨局长凯旋的消息，墨局长的小情人云燕心花怒放，迫不及待地要见他。墨局长在局里转了个圈，便只身一人去江边等云燕。云燕蹦蹦跳跳来到约会地点，原想墨局长会笑得像怒放的桃花，一把将她揽在怀里。不料墨局长压根儿就未对她笑一下，只是向她递了个不冷不热的眼神，就用左手轻轻捂着嘴，借口有事，走了。云燕心头一凉：是哪个狐狸精把墨局长的魂勾走了？如若逮到她，非撕碎她不可！

　　回家，见过老婆，墨局长也没有温馨的笑。只是用左手轻轻捂着嘴，轻轻地说声老婆你辛苦了，就径直进了自己的书房。老婆一愣：这老公不是在外面拈花惹草、另有新欢吧？要不，就是工作上遇到麻烦、走了麦城？

　　女儿看到墨局长风尘仆仆的模样，冲着他甜甜地、脆脆地喊"爸爸！"墨局长也只用左手轻轻捂着嘴，"嗯！"地应了声，问她不欠老师的作业吧？没有像往日慈善地笑笑，就忙自己的去了。女儿好生奇怪：爸爸会不会身体有病，感觉不舒服啦？

　　…………

　　墨局长不笑了，许多人疑窦顿生，惶惶不可终日。

　　直到有一天，上级领导来该局检查工作。墨局长带全局班子成员在大

门口迎接，虽然恭恭敬敬，脸上还有亲切感，但墨局长仍旧没有笑，说话也总是用左手轻轻捂着嘴。上级领导的脸色就不好了。上级领导逼问："墨局长，你今天怎么啦？不像往常，脸上丁点笑容也没有！是我们患有呼吸道传染病，还是你内心里不欢迎我们检查呀？"话说到这分上，墨局长终于忐忑不安、招架不住了。墨局长羞涩地笑笑，这才指指张开的嘴腼腆地向上级领导报告说："对不起领导，我的一颗门牙掉了，难看！""哦，是这样！"上级领导一愣，"门牙怎么会掉的？""在华山摔了一跤，就⋯⋯"墨局长的脸石榴花一样红了，又不好意思地笑笑。

墨局长笑了！自此，所有的人都如释重负，长长地嘘了口气；所有的人又都在心里深深地抱怨："墨局长啊墨局长，你为什么不早⋯⋯？"

不当遵纪守法户

村里要评麻子家为遵纪守法户，麻子却诚惶诚恐，坚决反对。村干部不解，问其故，竟振振有词，答曰："遵纪守法者，规矩老实也；规矩老实者，任人欺侮也。如今小偷和强盗日众，其偷抢之对象就是遵纪守法户呀！你们评我家为遵纪守法户，在家门口贴上红字招牌，不就是向小偷和强盗明示偷抢之目标，不就是要让我家遭受灭顶之灾吗？"村干部哑然。

跳楼二题

1. 看啦,他跳了!

气咻咻地站上 6 楼的楼顶,摆出视死如归、立马就要跳楼的姿势,某君的心却在剧烈地抖颤。

楼下黑压压的人群,都翘首遥望着楼顶。

此时,某君真巴望有人会严厉制止他寻短,有人能耐心劝导他回头,有人要风风火火准备营救。

然而,一切都出乎某君的预料!

虽然楼下的人林林总总、形形色色,可就是寻不到一双充满怜悯的眼眸,或者一张惊慌失措的面孔,更没有组织营救的蛛丝马迹。

某君犹豫了。某君压根儿不想跳的。只欲以此要挟领导,解决自己老是解决不了的问题。

"跳呀,为什么还不跳?"有人没耐心了。

"跳呀,小子可别捉弄人!"有人厉声警告。

"跳呀,有种你就大胆地跳!"有人使出激将法。

…………

嬉笑声、尖叫声此起彼伏,好似大海的波涛。

某君进退两难。看着楼顶的边缘,尴尬、后悔、惶恐不已。

镇定片刻,某君最后一次扫视楼下,发现除了麻木和幸灾乐祸,依然没有其他的信息。

某君痛心疾首,失望之至,想打退堂鼓。

"跳呀,跳呀,跳呀!"楼下的叫喊声又如呼啸的子弹,越来越密集,越来越刺耳。

"跳呀,跳呀,跳呀!"无论耄耋老人还是豆蔻少女,都在热切地呼唤,都在期待那无比精彩的一瞬。

终于被逼到墙角!某君万般无奈,只好咬咬牙,狠狠心,闭上眼,一跃而起。

"看啦,他跳了!"

"跳了,跳了,跳了!"

楼下欢声四起。

欢声中,血,溅了一地。六月的天空,也开始——下雪了!

2. 我说完了,你跳吧?

某君的房子属违章建筑,按规定必须拆除。

可无论乡、村两级怎么说,某君都不肯自拆。没法,乡、村两级只好组织强拆。

强拆那天,某君忽然站上楼顶,威胁要跳楼自尽。因担心惹出人命,上头要追责问罪,乡、村两级不敢贸然行事。

楼下停着铲车、推土机,站着密密麻麻的人群。有人苦劝某君不要轻生,某君不听;有人警告某君抗法会招牢狱之灾,某君不惧;有人欲实施营救,某君不从。软硬兼施,方法想尽,双方仍处于对峙状态,眼看拆违工作已走到山穷水尽。

这时，乡长匆匆赶到。乡长昂首审视某君一番。然后背起双手："唉呀呀，同志哥，要跳楼是吧？要跳楼我绝不阻挠！只是，请你听我啰唆几句，我要让你死得明白：第一，你跳楼后，这房子照样得拆。大不了，乡里从这房子50万品补中拿出20万，干什么？安葬你！羊毛出在羊身上，乡里不亏。第二，你入土后，估计你老婆肯定不会守寡，肯定要改嫁他人。到时，别人既要睡你的老婆，又要你的儿女改姓。你亏大了。第三，人海茫茫，你只是苍海一粟。你走后，地球照常运转，不受丝毫影响。好了，我说完了。你跳吧？"乡长不屑一顾的模样。

"哼！你要我跳我就跳？你以为你是天王老子？"某君眼珠骨碌一转，"今天爷们邪了，偏不跳！"说着，一转身，蹬蹬蹬地下了楼。

"怎么样？我经常讲工作是门艺术，得好好讲究方法！什么是方法？这就是方法！"看到某君已软，乡长得意扬扬地对周围的干部们说。

说完，乡长便钻进小车，一溜烟地离去。

厂长上门

丈夫路野和妻子田歌分别是山川市甲、乙两家国有企业技术工人。路野下岗不到半年，田歌又步路野后尘。夫妻俩不会做生意，也无积蓄，家中还有年幼的女儿和年迈的老人需要赡养，生活拮据得撑不下去，夫妻俩经常偷偷地抹泪。

贴着大地 行走

天无绝人之路。正当夫妻俩四顾茫然之际,山川市出台了新的文件,凡夫妻双双都在企业工作,一方已经下岗的,另一方不再下岗。仿佛不期而遇救星,夫妻俩激动得热泪盈眶。他们商量来商量去,觉得还是让田歌上岗为好。于是,田歌匆匆去厂里找到金厂长,将市里的红头文件拿给金厂长看了,又声泪俱下地诉说了自己家里穷愁潦倒的凄惨景况,请求金厂长手下留情。金厂长十分温和,说厂办公会很快就要研究,研究后尽快告诉田歌结果。

从此,田歌朝思夜盼,焦急地等待上岗的喜讯。一个丽日晴天,出乎意料地,金厂长破天荒第一次亲临田歌家中,笑容可掬、嘘寒问暖,极尽关心体贴之情,把个田歌感动得心花怒放。临走,金厂长下意识地把手伸进自己的上衣袋里,田歌满以为金厂长要掏她的上岗通知,全身的欢欣鼓舞似乎都已长出奋飞的翅膀。哪料金厂长掏出的并非闪亮的通知,而是镀金的请柬。金厂长岳母六十大寿,专门来请田歌前往喝酒送礼。接过请柬,田歌愣住了。等她回过神来,欲问金厂长何时上岗,金厂长的小车已一溜烟远去了。

舍不得孩子套不住狼。尽管全家已3个多月不知肉味,田歌还是把牙一咬,说破嘴皮,找亲友借了200元钱,包好红包,只身前往金厂长家喝酒送礼。

几天后,田歌满怀希望去厂里找金厂长,打听上岗之事。金厂长依然很温和,说厂里很快就会敲定,你就再耐心等等吧。

喜鹊喳喳叫,暖风阵阵吹。不出一周,金厂长又精神爽快、喜气洋洋地光临田歌家。田歌猜想,这次一定是送喜讯来了,赶紧像迎迓菩萨似的迎迓厂长大人。不料金厂长送来的又非通知,而是一张请柬。原来是金厂长大儿子再婚,金厂长专门为其请客的。接过请柬,田歌又愣了。回过神来,立即询问金厂长什么时候可以上岗。金厂长眯缝着一双鼠眼,说快了快了,一转身,驱车而去。

锲而不舍,金石可镂。尽管上岗心切,田歌还是抱定了这样的信念。于是,又拉下面子去找亲友借钱。包了200元红包,再次前往金厂长家喝酒送礼。

盼星星、盼月亮，可最后盼来的又是40多个技术工人下岗的消息，自己渴望上岗的美好愿望又肥皂泡般地破灭了！宛如头上重重地挨了一记闷棍，田歌顿觉天旋地转。路野心里也痛，问田歌金厂长两次请客，她们厂有多少工人前去喝酒送礼，田歌沉重地说全厂工人都去喝了小酒送了厚礼。路野便呆了，半晌说不出一句话，接着，田歌也两腿发软，一下子瘫倒在地上。

你这德性

县长林瀚调走了。县委副书记张万舒欲接班。

张万舒心知：不抓紧给市委书记姚振函送钱，他有飞天的本事也是癞蛤蟆想吃天鹅肉。据传，姚振函的胃口很大。相比之下，他又囊中羞涩。咋办呢？

机不可失，失不再来！张万舒正急得七窍生烟、夜不能寐。

这天，县房产开发商胡昭又请他吃中饭了。因为是好朋友，俩人之间几乎无话不谈。喝了一点酒，张万舒就开门见山："胡老板，我们县里的县长空缺，我有意竞争这个职位！可是……"张万舒满脸的难为情。胡昭毕竟深谙世事，马上关切地问："张兄是手紧吧？没问题！要多少钱才能搞定？""这个嘛？"张万舒略一思忖，"具体行情我也没弄清。不过我想，有个20万元大概能行！""好说好说，"胡昭十二分地慷慨爽快，"不就是

一点钱吗？张兄，我给你 40 万元，你拿出趁早活动！不过，我也有话在先，你当县长之后，可得多给我一点工程开发！"张万舒立马把胸脯拍得山响："那是那是！一定一定！"

吃完饭，胡昭就带张万舒匆匆进银行。拿到钱，张万舒感激得发抖，似乎看到成功在向他招手。

第二天一上班，张万舒便心急火燎地拜访姚振函。先给他一个鼓鼓的大钱包，然后在他面前毕恭毕敬地说上一大堆好话。再小心翼翼地离开姚振函的办公室，张万舒心里就踏实多了。"姚书记能收自己这么多钱，这个县长应该当定了！"张万舒愉快地想。

一连数日，张万舒都像喝够了蜜，心里甜滋滋的。

踮起脚尖，朝等夜盼。不久，新县长走马上任，张万舒却被调到另一个县任县委副书记。虽然，这个县的经济状况比原来那个县要好些，但张万舒却像吞了枚半生不熟的青枣，心里又酸又涩。

张万舒闷闷不乐，要去找姚振函"兴师问罪"。刚进姚振函办公室，屁股还没挨到沙发边儿，姚振函就紧盯张万舒先发制人："张万舒同志，听说你的升职活动经费是胡老板资助的，他给了你 40 万元，有这回事吗？""这……"张万舒一愣。"你很会做生意嘛！给了我 30 万元，自己也趁机赚个 10 万！"姚振函俨然在表扬张万舒，张万舒却狼狈得说不出话。

张万舒记不得自己是怎么"逃"出姚振函办公室的。出了姚振函办公室，他就气冲冲地去找胡昭。

刚见面，张万舒劈头就问："胡兄，你跟姚书记说过资助我 40 万元的事？""是啊！"胡昭一脸的坦然和从容。"唉！你跟姚书记说这个干吗？"张万舒埋怨。"说了又怎样？"胡昭不以为然，"还不都是为了你升迁，我才特意请姚书记出来享受高档娱乐，苦口婆心地劝姚书记帮你一把。""你和姚书记也是好朋友？"张万舒惊问。"是啊！"胡昭得意地说。"唉！"张万舒苦恼地摇头，无奈地叹息。

从此，张万舒恨死了姚振函。真巴不得姚振函出门被车撞死。或者，在官场上重重地摔个跟头。他有事没事都悄悄地诅咒姚振函。

两年之后，姚振函腐败问题东窗事发，被上级纪委双规。

消息传开。张万舒先是幸灾乐祸，觉得老天有眼，让姚振函遭了报应。但转眼，张万舒又担惊受怕，姚振函会不会丢卒保车、供出自己？应该不会吧！张万舒安慰自己，姚振函收了我那么多钱，又没为我办好事，他应该愧疚才是，不至于良心被狗吃了！这样想着，张万舒睡觉便安稳了些。

哪料天不作美！没多久，张万舒也被上级纪委双规了。"狗日的姚振函！真他妈的缺德！"张万舒在心里怒骂。他眼前一黑，仿佛自己落到了天寒地冻的冰川。

冤家路窄。案子审完，张万舒和姚振函都被判刑，而且被关进同一所监狱的同一间号子。

如果自己不曾为官，张万舒一定会像恶狼一样猛扑上去，狠狠地撕咬姚振函。但张万舒忍住了。只当姚振函是陌生人和怪物，深深地冷落他，凶巴巴地盯他。姚振函呢，仿佛还是张万舒的上级领导，高高在上，绝不拿正眼看他。

井水不犯河水好长一段时间。慢慢地，两人感觉到孤独与寂寞越来越深刻、越来越难熬。

"其实，"张万舒瞥一眼姚振函，终于不满地说，"我虽然悄悄赚了胡老板 10 万元，不也给了你 30 万元？那可是大头啊！你怎么如此在乎这小头，如此斤斤计较、心胸狭窄，偏不顺水推舟、让我升个县长呢？"

"这绝不是心胸问题！"姚振函板起脸严肃地教训道，"从这件事上，我可以清楚地看出：第一，你是个利欲熏心、会搞阴谋的人，你没有信用可言；第二，你是个狂妄自大、小看领导的人，你没有谦恭可言；第三，你是个忘恩负义、过河拆桥的人，你没有感情可言。"

"姚振函，你不要胡乱地上纲上线，你把话给我说明白！"张万舒觉得姚振函十分地滑稽、可鄙。

姚振函就不紧不慢，像给小学生上辅导课似的："你会把胡老板的活动经

费悄悄扣除 10 万元,揣进自己的腰包,这不是搞阴谋诡计、不讲信用？你送 30 万元给我,就想当县长,你以为你是皇帝老子？你把我当市委书记看啦？这么点钱,打发乞丐吧？虽然没有提拔你,但我也把你调到了好地方,也算帮了你。你却冷冰冰的,一句感激的话都没有！你是知恩图报的人吗？"

"好哇好,就当你说的话有理,那么我再问你,"张万舒强压着满肚子的怨气和怒火,"要收多少钱,你才能帮我办成事？"

"至少 50 万元！这是底线,做任何事情都有个底线！张万舒同志。"姚振函对张万舒已不屑一顾。

张万舒就把拳头握得生疼:"姚振函,你这德性！"

"张万舒,你这德性！"姚振函也猛地一脚,把球踢过去。

醉驾之后

四野醉酒驾车被交警查获。四野进了拘留所。四野的心一下掉进了冰窟窿。

四野正酸着苦着。当天,局长扶桑带人事科长树才、办公室主任江河、工会主席张诗墨和纪检组长米沃什来拘留所看他了。"小四呵,"扶桑紧紧握住四野的双手,"你就安心休养吧。15 天的拘留期内:第一,你的工资福利局里一分不少,此事由树才同志负责;第二,所需生活用品和相关费用一律由局里解决,此事由张诗墨同志落实;第三,每天奖励你两包软中华烟,此事由江河同志安排。当然，有什么不方便还可随时给我打电话，有任何要求也尽可向局里提嘛！"

扶桑轻轻拍了拍四野的肩头。四野就扑通一声跪在扶桑的面前："扶局长，您是天底下最重情义、最疼爱部下的领导。小四三生有幸，甘愿为您和局里赴汤蹈火，无怨无悔！"

扶桑的眼角泪花一闪，赶紧躬身扶起四野："使不得，使不得，你也是局里的功臣呵！"

回到局里。树才迫不及待，小心翼翼地提醒扶桑："扶局长，四野拘留期间是否照发工资福利，还得查查有关文件规定吧？""哦？"扶桑一愣，"那么，江主任、张主席、米组长，你们也说说看？""是这样的，"张诗墨略一思忖，"四野毕竟是受了行政处分，在拘留所里局里还给他解决生活用品和相关费用，是不是合理合规？""嗯？"扶桑眨了眨眼，"江主任，你的意见呢？""每天奖励四野两包软中华烟，可能过分了点，局内局外会不会有反映？"江河皱起眉头。这时，扶桑把目光投向米沃什。"我看啦，给四野一些优待未尝不可，但一定不能违纪违规。"米沃什谨慎应答。

扶桑沉住气听完，脸色变得有些阴沉。他尽力克制自己内心的不快。"局里班子成员身体都有这样那样的毛病，饭局上如此不胜酒力、狼狈不堪！而上级机关在检查我们的工作，酒都不能让领导们喝好，我们的工作评先能有指望？上级不找岔子批评我们，让我们钻地缝，太阳就从西边出来！当然啦，辛苦一年，局里的工作那是一定要评先的，人要面子树要皮嘛！所以，当你们喝得都快栽倒，而领导们又还十分清醒、酒意正浓时，四野同志审时度势、义不容辞。虽是小车司机，也端起酒杯，上了。正是因为他舍生忘死、后发制人，才使领导们终于醉了、乐了，我们的工作评先看到了曙光。你们想想，四野同志是不是因公醉酒？是不是为局里立了大功？现在呵，人家受委屈受折磨了都心甘情愿。这么有牺牲精神的小伙，这么无私无畏的同志，局里不该犒劳犒劳他？不该为他担当担当？"扶桑噼里啪啦说下来，越说越有理，越说越动容。

贴着大地行走

树才、江河、张诗墨和米沃什就像不小心做错了事的孩子,面对威严的家长,一个个惭愧地低下了头。

"那么,坚决照扶局长的指示办吧!"最后,米沃什颤抖着总结道。

危房

高山乡是大湖县有名的贫穷乡,水冷村是高山乡有名的贫穷村。水冷村小学校舍岌岌可危,石村长忧心如焚。多年来,要求解决建校资金的紧急报告打了无数个,这些报告雪花般地飞向乡里、县里,可又雪花般地石沉大海、杳无音讯。

这次,石村长惶惶不可终日,又提笔写了篇汇报材料《村校摇摇欲坠,师生危在旦夕》,怀着最后一线希望赶赴县城,硬是将其面呈了县委白书记。看罢石村长的汇报材料,得知水冷村小学校舍几年前就已陈旧破败、千疮百孔,村校近五百名师生时刻面临房垮人亡的极大危险,白书记不禁大惊失色、全身颤抖。

等石村长走后,白书记略一思忖,便提笔在他的汇报材料上写道:俞书记,百年大计,教育为本。教育无小事,师生安全更无小事。一定要站在忠实实践"三个代表"的政治高度,千方百计、尽快解决好水冷村小学的危房问题,绝对确保村校师生的生命安全! 写好即叫秘书火速送到县委分管教育工作的俞副书记手中。

读罢石村长的汇报材料和白书记的重要指示，俞副书记的额上沁出豆大的汗珠。他眉头一皱，又在白书记的指示下写道：叶县长，科教兴国，教育的振兴是振兴国家的前提和希望。水冷村小学的危房问题已成县委的一大心病。一定要立即研究、抓紧解决！写好又叫秘书飞快送到县政府分管教育工作的叶副县长手中。

叶副县长看罢亦心头吃紧，狠狠抽完两支烟，又在俞副书记的指示旁写道：马局长，水冷村小学的危房问题急煞县委、政府，师生的生命安全压倒一切，十万火急、刻不容缓，务必争分夺秒、认真加以解决！写好也叫秘书立即送到县教育局马局长手中。

读罢，马局长急得如热锅上的蚂蚁。他在办公室转了几个圈，又在叶副县长的指示下写道：万乡长，再穷不能穷教育，再苦不能苦师生。即使困难重重，也要迎难而上。最迟在今年暑假，切实解决水冷村小学的危房问题。届时，县教育局要开展现场督查，督查结果要专题向县委、政府汇报。切记、切记！写完，同样叫秘书马不停蹄地送到万乡长手中。

石村长的汇报材料引起了县委、县政府、县教育局的高度重视，牵动了白书记、俞副书记、叶副县长和马局长的心。此事不知怎么传到了县报康记者耳中。康记者眼睛一亮，觉得这就是学习和实践"三个代表"的好题材、好样板。于是有意发挥，连夜赶写了一篇报道《水冷村小学危房问题有望近期解决》，极力渲染县委、县政府和县教育局领导极为关注水冷村小学的危房问题，多次召开专题会议敲定方案，多次深入高山乡督导检查，多次暗访水冷村小学现场……解决水冷村小学危房问题已指日可待，水冷村小学师生有望近期迁入新校舍。很快，这篇报道便在县报和市报上都发了头版头条，产生了强烈的社会反响。

正好石村长在高山乡开振兴教育工作会议，不经意间看到康记者发表在县报和市报上的长篇报道，心里真像蜂蜜拌糖精，说多甜有多甜。他十分高兴地想：苦等和期盼了这么多年，如今村校的危房问题终于要解决了，他终于可以郑重地向村民作个交代了，好事多磨，不错！等会一散，就尽早赶

回村里,尽早向村民发布这个消息,让他们奔走相告、热烈庆贺。石村长喜出望外、心花怒放。

本没有多少酒量的石村长在乡里吃中饭时,硬是狠狠地喝了三大碗白酒。喝完酒飘飘欲仙地从"沐春楼"出来,突然被满身酒气、摇摇晃晃的万乡长一把拽住。朦朦胧胧中万乡长说有个紧要事儿得办,边说边从公文包里掏出份材料塞给他,并再三叮嘱他县里已作重要指示,是关于水冷村的,请村里认真研究部署,只争朝夕落实!

听万乡长这么一说,石村长深感事不宜迟。他迫不及待地翻开材料:怪哉,这东西怎么似曾相识? 再睁大眼仔细一看:天啦,它不就是自己写的那篇文章《村校摇摇欲坠,师生危在旦夕》吗?

石村长眼前一黑,酒呕了一地。